TRANZLATY

La Langue est pour tout le Monde

Język jest dla każdego

La Métamorphose

Przemiana

Franz Kafka

Français
Polski

ISBN: 978-1-83566-895-5
Die Verwandlung
Franz Kafka, 1915

www.tranzlaty.com

Première partie
Część pierwsza

Gregor Samsa se réveilla un matin après des rêves agités.

Gregor Samsa obudził się pewnego ranka po niespokojnych snach.

Il se retrouva dans son lit, incapable de bouger.

Znalazł się w łóżku, ale nie mógł się ruszyć.

Il avait été transformé en un monstre vermineux.

Zmienił się w potwornego robaka.

Il était allongé sur le dos, une carapace dure comme une armure.

Leżał na plecach, które były twarde jak zbroja.

En relevant légèrement la tête, il pouvait voir son ventre.

Podnosząc nieco głowę, mógł zobaczyć swój brzuch.

Mais son ventre était bombé et divisé en segments.

Ale jego brzuch był wypukły i podzielony na segmenty.

La couverture reposait sur son ventre arrondi.

Koc spoczywał na jego zaokrąglonym brzuchu.

Mais la couverture était sur le point de glisser complètement.

Jednak koc był bliski całkowitego zsunięcia się.

Ses jambes étaient pitoyables comparées à leur taille habituelle.

Jego nogi wyglądały żałośnie w porównaniu do ich normalnych rozmiarów.

Et ses nombreuses pattes s'agitaient impuissantes devant ses yeux.

A jego liczne nogi bezradnie poruszały się przed jego oczami.

« Que m'est-il arrivé ? » se demanda-t-il.

„Co się ze mną stało?" – pomyślał.

Mais ce n'était pas un rêve dont il ne pouvait se réveiller.

Ale to nie był sen, z którego nie mógłby się obudzić.

Il se trouvait bel et bien dans sa propre chambre.

To był naprawdę jego własny pokój.

Une vraie chambre pour des humains, mais un peu trop petite.

Prawdziwy pokój dla ludzi, ale odrobinę za mały.

Il gisait tranquillement entre les quatre murs bien connus.

Leżał spokojnie pomiędzy czterema znanymi mu ścianami.

Sur la table se trouvait une collection d'échantillons de textiles.

Na stole znajdowała się kolekcja próbek tekstyliów.

Samsa était un vendeur ambulant, d'où les échantillons.

Samsa był komiwojażerem, stąd próbki.

Au-dessus des échantillons de textile désassemblés se trouvait une image.

Nad rozmontowanymi próbkami tekstyliów znajdowało się zdjęcie.

Il avait récemment découpé la photo dans un magazine.

Niedawno wyciął zdjęcie z magazynu.

Il avait placé le tableau dans un joli cadre doré.

Umieścił obraz w ładnej, złoconej ramie.

Le tableau encadré représentait une dame assise bien droite.

Oprawione zdjęcie przedstawiało siedzącą kobietę.

Elle portait un chapeau de fourrure et un manchon de fourrure.

Miała na sobie futrzaną czapkę i futrzaną mufkę.

Elle levait la main en direction du spectateur.

Podniosła rękę w kierunku oglądającego obraz.

Son avant-bras entier disparaissait dans son épais manchon de fourrure.

Całe jej przedramię zniknęło w ciężkim, futrzanym kapturze.

Gregor regarda par la fenêtre le temps maussade.

Gregor spojrzał przez okno na pochmurną pogodę.

On pouvait entendre les grosses gouttes de pluie frapper la fenêtre.

Słychać było, jak ciężkie krople deszczu uderzają w okno.

Le temps gris le rendait très mélancolique.

Szara pogoda wprawiała go w stan melancholii.

« Et si je dormais un peu plus longtemps ? » pensa-t-il.

„A może pospię trochę dłużej?" – pomyślał.

« Dormir davantage m'aiderait peut-être à oublier ces bêtises. »

„Więcej snu mogłoby pomóc mi zapomnieć o tych bzdurach".

Mais dormir plus longtemps était totalement impossible.

Jednak dalsze spanie było całkowicie niemożliwe.

Parce qu'il avait l'habitude de dormir sur le côté droit.

Ponieważ był przyzwyczajony do spania na prawym boku.

Mais son état actuel l'empêchait d'effectuer ses mouvements habituels.

Jednak jego obecny stan uniemożliwiał mu normalne poruszanie się.

Il n'avait aucun moyen de se retrouver dans cette situation.

Nie miał możliwości znalezienia się w tej sytuacji.

Il fit de son mieux pour se jeter sur son côté droit.

Próbował jak mógł przewrócić się na prawy bok.

Il a probablement tenté ce mouvement une centaine de fois.

Prawdopodobnie próbował wykonać ten ruch setki razy.

Mais il revenait toujours en position couchée sur le dos.

Jednak on za każdym razem wracał do pozycji leżącej.

Il ferma les yeux pour ne pas voir ses jambes qui s'agitaient.

Zamknął oczy, żeby nie widzieć jego niespokojnych nóg.

Finalement, la douleur l'a empêché de réessayer.

W końcu ból powstrzymał go od dalszych prób.

Une douleur sourde au flanc qu'il n'avait jamais ressentie auparavant.

Tępy ból w boku, jakiego nigdy wcześniej nie czuł.

« Oh mon Dieu », pensa désespérément Gregor Samsa.

„O Boże" – pomyślał zrozpaczony Gregor Samsa.

« Quel métier pénible j'ai choisi ! »

„Jakiż wyczerpujący zawód sobie wybrałem!"

« Je dois voyager tous les jours pour le travail. »

„Dzień w dzień muszę podróżować w związku z pracą".

« Le travail de bureau est beaucoup plus facile que le travail sur la route. »

„Praca biurowa jest o wiele łatwiejsza niż praca w trasie".

« Et j'ai la malédiction de devoir voyager constamment. »

„A ja mam przekleństwo konieczności ciągłego podróżowania".

« Toutes ces inquiétudes liées au fait d'être à l'heure pour les trains. »

„Wszystkie te zmartwienia, żeby zdążyć na pociąg."

« Mes horaires de repas sont irréguliers et la nourriture est mauvaise. »

„Moje posiłki są nieregularne, a jedzenie jest kiepskie".

« Mes amis changent constamment de ville. »

„Moi przyjaciele ciągle zmieniają miasto."

« Mes interactions sont froides et professionnelles. »

„Moje interakcje są chłodne i profesjonalne".

«Que le diable s'amuse avec ce genre de travail !»

"Niech diabeł bawi się taką robotą!"

Il ressentit une légère démangeaison en haut de l'estomac.

Poczuł lekkie swędzenie w górnej części brzucha.

Il s'appuya contre le montant du lit, le dos contre le sol.

Oparł się plecami o słupek łóżka.

Il voulait pouvoir mieux lever la tête.

Chciał móc lepiej podnosić głowę.

Il a trouvé l'endroit qui le démangeait.

Znalazł swędzące miejsce, które go drażniło.

Sa tête semblait recouverte de petits points blancs.

Wydawało się, że jego głowa jest pokryta małymi, białymi kropkami.

Il ne pouvait pas dire ce que représentaient ces petits points blancs.

Nie potrafił powiedzieć, czym są te małe, białe kropki.

Il avait prévu de toucher l'endroit avec une de ses jambes.

Zamierzał dotknąć tego miejsca jedną ze swoich nóg.

Mais lorsqu'il toucha l'endroit, il ressentit un étrange frisson.

Jednak gdy dotknął tego miejsca, poczuł dziwny chłód.

Il a donc immédiatement retiré sa jambe.

Więc natychmiast cofnął nogę z tego miejsca.

Il n'avait d'autre choix que d'accepter cette sensation de démangeaison.

Nie miał innego wyboru, jak tylko zaakceptować swędzenie.

Et il reprit sa position initiale dans le lit.

I wrócił do swojej poprzedniej pozycji w łóżku.

«Se réveiller si tôt rend vraiment stupide.»

„Wstawanie tak wcześnie naprawdę czyni człowieka głupim".

« Un homme doit dormir suffisamment », pensa-t-il.

„Człowiek musi się wyspać" – pomyślał.

« Les autres représentants de commerce mènent une vie de luxe. »

„Inni komiwojażerowie żyją w luksusie".

« Le matin, je transfère les ordres que j'ai reçus. »

„Rano przekazuję otrzymane zamówienia."

« Pendant ce temps, ces messieurs prennent encore leur petit-déjeuner. »

„Tymczasem panowie wciąż jedzą śniadanie."

« Imaginez un peu si j'essayais de faire ça avec mon patron. »

„Wyobraź sobie, co by było, gdybym spróbował zrobić to samo ze swoim szefem".

«Il me licenciait avant même que j'aie fini mon petit-déjeuner.»

„Zwalniał mnie, zanim skończyłem śniadanie".

« Mais ce ne serait peut-être pas le pire non plus. »

„Ale to też nie byłoby najgorsze".

«Le problème, c'est que mes parents me freinent.»

„Problem polega na tym, że moi rodzice mnie powstrzymują".

« Sans eux, j'aurais déjà démissionné. »

„Gdyby nie oni, już bym zrezygnował".

« J'aurais tenu tête au patron et je lui aurais dit. »

„Postawiłbym się szefowi i powiedziałbym mu."

« Je dirais exactement ce que je pense de lui et de son travail. »

„Powiedziałbym dokładnie, co myślę o nim i tej pracy".

« Il tomberait de son bureau si je lui racontais tout ! »

"Spadłby z biurka, gdybym mu wszystko powiedział!"

« Sa façon de s'asseoir à son bureau est très étrange. »

„Bardzo dziwny jest sposób, w jaki on siedzi przy biurku".

« Sa façon de parler à ses subordonnés n'est pas correcte. »

„Sposób, w jaki rozmawia ze swoimi podwładnymi, jest niewłaściwy".

« Et le pire, c'est que son ouïe est très mauvaise. »
„A najgorsze jest to, że ma bardzo słaby słuch".
«Vous n'avez donc pas d'autre choix que de vous asseoir très près de lui.»
„Więc nie masz innego wyboru, jak usiąść bardzo blisko niego."
« Cela dit, l'espoir n'est pas encore totalement perdu. »
„Mimo wszystko nadzieja nie jest jeszcze całkowicie stracona".
« Je vais économiser cet argent pour rembourser les dettes de mes parents. »
„Zaoszczędzę pieniądze, żeby spłacić dług moich rodziców".
« Je ne peux rien faire tant qu'ils lui doivent de l'argent. »
„Nie mogę nic zrobić, dopóki są mu winni pieniądze".
« Mais une fois la dette remboursée, je le ferai sans aucun doute. »
„Ale kiedy dług zostanie spłacony, na pewno to zrobię".
« Cela prendra probablement encore cinq à six ans. »
„Prawdopodobnie zajmie to kolejne pięć, sześć lat".
« Oui, alors la grande séparation aura certainement lieu. »
„Tak, wtedy na pewno nastąpi wielkie rozstanie".
« Pour le moment, je dois me lever. »
„Na razie jednak muszę wstać z łóżka".
« Parce que mon train part à cinq heures. »
„Ponieważ mój pociąg odjeżdża o piątej."
Gregor regarda le réveil qui tic-tac sur la table.
Gregor spojrzał na tykający budzik na stole.
« Père céleste ! » pensa-t-il en regardant l'heure.
„Ojcze Niebieski!" – pomyślał patrząc na godzinę.
Six heures et demie étaient déjà passées sans qu'on s'en aperçoive.
Godzina szósta trzydzieści już spokojnie minęła.
Et les aiguilles de l'horloge continuaient d'avancer d'elles-mêmes.
A wskazówki zegara wciąż poruszały się do przodu.
Et il était presque sept heures quarante-cinq.
A teraz zbliżała się godzina 19:45.

« Peut-être que le réveil n'a pas sonné ? » pensa-t-il.

„Może budzik nie zadzwonił, żeby mnie obudzić?" – pomyślał.

Depuis son lit, Gregor inspecta le réveil.

Gregor leżąc w łóżku przyglądał się budzikowi.

Le réveil était correctement réglé sur quatre heures.

Budzik był prawidłowo nastawiony na godzinę czwartą.

Il ne pouvait pas l'expliquer, mais l'alarme avait dû sonner.

Nie potrafił tego wyjaśnić, ale alarm musiał zadzwonić.

« Comment ai-je pu dormir sans m'en rendre compte après avoir entendu le réveil ? »

„Jak mogłem przespać alarm, nie wiedząc o tym?"

Quand elle sonne, l'alarme fait même trembler les meubles.

Gdy zadzwoni alarm, nawet meble się trzęsą.

Il savait que son sommeil n'avait pas été du tout paisible.

Wiedział, że jego sen wcale nie był spokojny.

Mais c'est peut-être pour cela que son sommeil était beaucoup plus profond.

Ale może właśnie dlatego jego sen był o wiele głębszy.

Il devait réfléchir à ce qu'il devait faire maintenant.

Musiał zastanowić się, co powinien teraz zrobić.

Le train suivant ne partait qu'à sept heures.

Następny pociąg odjechał dopiero o godzinie siódmej.

Prendre ce train serait quasiment impossible.

Złapanie tego pociągu byłoby prawie niemożliwe.

Et il n'avait pas encore emporté les textiles dont il avait besoin.

A nie spakował jeszcze potrzebnych mu tekstyliów.

Il ne se sentait pas particulièrement frais et agile non plus.

Nie czuł się szczególnie świeży i zwinny.

Il y avait peut-être une chance de monter dans le train.

Być może była szansa na dostanie się do pociągu.

Mais une réprimande du patron était inévitable de toute façon.

Ale w obu przypadkach reprymenda ze strony szefa była nieunikniona.

Le commis aurait pris le train de cinq heures.

Urzędnik wsiadł do pociągu o piątej.
Le commis de bureau était une créature sans envergure, à la solde du patron.
Urzędnik był pozbawionym kręgosłupa stworzeniem szefa.
L'absence de Gregor aurait donc déjà été signalée.
Nieobecność Gregora zostałaby więc już zgłoszona.
« Et si je me faisais porter malade ? » se demandait Gregor.
„A co jeśli zadzwonię i powiem, że jestem chory?" zastanawiał się Gregor.
Mais ce serait extrêmement embarrassant et suspect.
Ale byłoby to niezwykle żenujące i podejrzane.
Gregor n'avait jamais été malade pendant la période où il avait travaillé là-bas.
Gregor nigdy nie chorował przez cały czas swojej pracy.
Et il leur avait déjà consacré cinq années de service.
A on już poświęcił im pięć lat służby.
Il y avait de fortes chances que le patron vienne prendre de ses nouvelles.
Istniało prawdopodobieństwo, że szef przyjdzie go sprawdzić.
Il amènerait probablement le médecin de l'assurance maladie.
Prawdopodobnie zabrałby ze sobą lekarza ubezpieczyciela zdrowotnego.
Et il blâmait les parents pour la paresse de leur fils.
A winą za leniwego syna obarczał rodziców.
Ils ne pourraient formuler aucune objection à son égard.
Nie mogliby wnieść wobec niego żadnych zastrzeżeń.
Car pour lui, il n'y avait que deux sortes de travailleurs.
Ponieważ dla niego istniały tylko dwa rodzaje pracowników.
Soit les ouvriers étaient en parfaite santé, soit ils rechignaient à travailler.
Pracownicy byli albo całkowicie zdrowi, albo unikali pracy.
Et aurait-il même tort dans cette analyse de base ?
Czy w ogóle mógłby się pomylić w tej podstawowej analizie?
Assurément, dans ce cas précis, son argument était solide.
Na pewno w tym przypadku miał mocny argument.

Malgré son apparence, Gregor se sentait en réalité plutôt bien.

Pomimo swojego wyglądu Gregor czuł się całkiem dobrze.

Ce long sommeil inutile l'avait rendu un peu somnolent.

Niepotrzebnie długi sen sprawił, że poczuł się nieco senny.

Mais à part ça, il ne pouvait pas se plaindre de maladie.

Ale poza tym nie mógł narzekać na chorobę.

Il ressentait même une faim particulièrement forte et saine.

Poczuł nawet wyjątkowo silny i zdrowy głód.

Tandis qu'il nourrissait ces pensées, l'horloge sonna de nouveau.

Podczas gdy rozmyślał nad tymi sprawami, zegar znów wybił godzinę.

Selon l'alarme, il était alors sept heures moins le quart.

Według alarmu była teraz godzina 19:45.

Et maintenant, on frappa doucement à la porte.

I w tej chwili ktoś delikatnie zapukał do drzwi.

« Gregor », l'appela quelqu'un – c'était sa mère.

„Gregor" – ktoś zawołał do niego – była to matka.

« Il est sept heures moins le quart », a-t-elle confirmé en entendant l'alarme.

„Jest za kwadrans siódma" – potwierdziła alarm.

« Tu ne voulais pas partir ? » demanda la douce voix.

„Nie chciałeś wyjść?" zapytał łagodny głos.

Gregor eut peur en entendant sa voix répondre.

Gregor przestraszył się, gdy usłyszał jego głos.

Sa voix était toujours la même.

Głos pozostał tym samym głosem, który zawsze miał.

Mais une nouvelle sonorité s'était désormais mêlée à sa voix.

Ale teraz w jego głosie pojawił się nowy dźwięk.

Un couinement douloureux s'échappa également du plus profond de lui.

Z głębi jego wnętrza wydobył się także bolesny pisk.

Au début, sa voix semblait former des mots avec clarté.

Na początku zdawało się, że jego głos wyraźnie układa słowa.

Mais alors, Gregor entendit l'écho mental de sa voix.

Ale potem Gregor usłyszał w myślach echo swojego głosu.

L'enregistrement de sa voix s'est interrompu de façon étrange.

Nagranie jego głosu uległo dziwnemu zakłóceniu.

Et il n'était pas sûr d'avoir bien entendu.

I nie był pewien, czy dobrze usłyszał.

Gregor éprouvait un profond désir de donner une réponse détaillée.

Gregor poczuł głęboką potrzebę udzielenia szczegółowej odpowiedzi.

Il voulait tout expliquer clairement à sa mère.

Chciał wszystko jasno wytłumaczyć swojej matce.

Mais, compte tenu des circonstances, il devait se limiter.

Jednak biorąc pod uwagę okoliczności, musiał się ograniczyć.

Et sa réponse fut beaucoup plus brève qu'il ne l'aurait souhaité.

Odpowiedział o wiele krócej, niż by chciał.

"Oui maman, ne t'inquiète pas, merci, je suis déjà levée."

„Tak mamo, nie martw się, dziękuję, już wstałem.”

La porte en bois a probablement contribué à étouffer sa voix.

Drewniane drzwi prawdopodobnie przyczyniły się do stłumienia jego głosu.

À l'extérieur, le changement dans la voix de Gregor est resté inaperçu.

Zmiana w głosie Gregora pozostała niezauważona.

La mère semblait satisfaite de son explication.

Matka zdawała się być usatysfakcjonowana jego wyjaśnieniami.

Et elle repartit aussi discrètement qu'elle était venue.

I odeszła równie cicho, jak przyszła.

Mais cette petite conversation a eu un effet indésirable.

Jednak ta krótka pogawędka miała niepożądany efekt.

Il a attiré l'attention des autres membres de la famille.

Zwrócił na siebie uwagę pozostałych członków rodziny.

Gregor était toujours chez lui et n'était pas allé travailler.

Gregor nadal był w domu i nie poszedł do pracy.

Et maintenant, le père frappa lui aussi à la porte de côté.

A teraz ojciec zapukał także do bocznych drzwi.

Il frappa faiblement, mais avec détermination, du poing.

Zapukał słabo, ale zdecydowanie pięścią.

« Gregor, Gregor », appela-t-il, « quel est le problème ? »

„Gregor, Gregor" – zawołał – „co się stało?"

Au bout d'un moment, il avertit de nouveau d'une voix plus grave.

Po chwili ostrzegł ponownie głębszym głosem.

Mais la sœur frappa alors à la porte de l'autre côté.

Ale do drugich drzwi zapukała siostra.

« Gregor ? Tu ne te sens pas bien ? » demanda-t-elle doucement.

„Gregor? Źle się czujesz?" zapytała cicho.

« Avez-vous besoin de quelque chose ? » demanda-t-elle, inquiète.

„Czy czegoś potrzebujesz?" – zapytała zaniepokojona.

Gregor a répondu aux deux parties : « J'ai déjà terminé. »

Gregor odpowiedział obu stronom: „Już skończyłem".

Il avait fait de son mieux pour prononcer tous les mots avec soin.

Starał się wymawiać wszystkie słowa ostrożnie.

Et il a gommé tout ce qui était ostentatoire dans sa voix.

I usunął wszystko, co rzucało się w oczy w jego głosie.

Le père semblait également satisfait de la réponse.

Ojciec również zdawał się być usatysfakcjonowany odpowiedzią.

Et il retourna à son petit-déjeuner inachevé.

I wrócił do niedokończonego śniadania.

Mais la sœur murmura : « Gregor, ouvre la bouche, je t'en supplie. »

Ale siostra szepnęła: „Gregor, otwórz, błagam cię".

Mais son inquiétude à son égard ne parvenait en rien à l'émouvoir.

Jednak jej troska o niego w żaden sposób go nie poruszyła.

Gregor n'avait aucune intention de lui ouvrir la porte.

Gregor nie miał zamiaru otwierać jej drzwi.

Ses voyages lui avaient permis d'acquérir certaines habitudes de prudence.

Podróże wyrobiły w nim pewne nawyki ostrożności.
Et il se félicita d'avoir verrouillé les portes.
I pochwalił się, że zamknął drzwi.
Il voulait d'abord se lever tranquillement, à son propre rythme.
Najpierw chciał wstać spokojnie, w swoim czasie.
Et, sans être dérangé, il voulut s'habiller.
I bez przeszkód chciał się ubrać.
Cela étant fait, il voulut ensuite prendre son petit-déjeuner.
Kiedy już to osiągnął, chciał zjeść śniadanie.
Ce n'est qu'alors qu'il a souhaité examiner la situation plus en détail.
Dopiero wtedy chciał głębiej rozważyć sytuację.
Il savait qu'il était inutile de faire des projets au lit.
Wiedział, że nie ma sensu snuć planów w łóżku.
Il serait impossible de parvenir à une conclusion sensée.
Osiągnięcie sensownego wniosku byłoby niemożliwe.
Il lui était déjà arrivé de se réveiller avec de légères douleurs.
Innym razem budził się z lekkim bólem.
Ces douleurs se sont toujours révélées être de pures inventions de l'imagination.
Bóle te zawsze okazywały się czystą wyobraźnią.
En me levant du lit, la douleur disparaissait invariablement.
Po wstaniu z łóżka ból niezmiennie ustępował.
Il était curieux de voir ce qu'il adviendrait de ces idées.
Był ciekaw, co stanie się z tymi pomysłami.
Le changement de sa voix était probablement dû à un rhume.
Zmiana w jego głosie była zapewne spowodowana przeziębieniem.
Le rhume est un risque professionnel courant pour les voyageurs.
Przeziębienia są dla podróżników jedynie ryzykiem zawodowym.
Il ne doutait pas que c'était l'explication logique.
Nie miał wątpliwości, że jest to logiczne wytłumaczenie.

Il s'est facilement dégagé de la couverture.
Zdejmowanie z siebie koca nie stanowiło problemu.
Il lui suffisait d'inspirer et de se gonfler.
Wszystko co musiał zrobić, to wziąć oddech i się
napompować.
La couverture glissa de son corps et tomba sur le sol.
Koc zsunął się z jego ciała na podłogę.
**Son corps incroyablement large rendait d'autres choses
difficiles.**
Jego niezwykle szerokie ciało utrudniało mu inne rzeczy.
Il aurait eu besoin de bras et de mains pour se tenir debout.
Potrzebowałby rąk i rąk, żeby wstać.
Mais il n'avait plus les membres qu'il avait autrefois.
Ale nie miał już kończyn, które miał kiedyś.
Au lieu de bras et de mains, il avait plein de petites jambes.
Zamiast rąk i dłoni miał mnóstwo małych nóg.
**Et ses jambes bougeaient sans cesse, sans qu'il puisse les
contrôler.**
A jego nogi cały czas się poruszały, poza jego kontrolą.
**Il a essayé de plier une jambe, mais au lieu de cela, elle s'est
étirée.**
Próbował zgiąć jedną nogę, ale ta zamiast tego się wyciągnęła.
Il parvint finalement à contrôler une jambe.
W końcu udało mu się opanować jedną nogę.
Mais ensuite, le mouvement des autres pattes a été libéré.
Ale potem ruch pozostałych nóg został uwolniony.
Et toutes ses jambes frémissaient d'excitation extrême.
A wszystkie jego nogi drgały z ogromnego podniecenia.
Il a d'abord voulu sortir le bas de son corps du lit.
Najpierw chciał wyjąć dolną część ciała z łóżka.
Mais il n'avait pas encore vu le bas de son corps.
Ale tak naprawdę jeszcze nie widział dolnej części jego ciała.
**Et de toute façon, déplacer cette pièce s'est avéré trop
difficile.**
A przeniesienie tej części okazało się i tak zbyt trudne.
Finalement, de toutes ses forces, il fit un geste audacieux.
W końcu, ostatkiem sił, wykonał jeden szalony ruch.

Sans plus hésiter, il s'avança.

Bez dalszego wahania ruszył naprzód.

Mais il avait choisi la mauvaise direction.

Ale wybrał zły kierunek.

Il s'est violemment cogné le corps contre le montant inférieur du lit.

Z impetem uderzył całym ciałem o dolną część łóżka.

La douleur brûlante qu'il ressentait lui a appris une précieuse leçon.

Palący ból, który czuł, nauczył go cennej lekcji.

La partie inférieure de son corps était peut-être plus sensible.

Dolna część jego ciała była być może bardziej wrażliwa.

Il a donc commencé par sortir le haut de son corps du lit.

Więc najpierw spróbował wydostać się z łóżka górną częścią ciała.

Il tourna prudemment la tête dans la bonne direction.

Ostrożnie obrócił głowę we właściwym kierunku.

Et bientôt, sa tête se retrouva face au bord du lit.

I wkrótce jego głowa znalazła się naprzeciwko krawędzi łóżka.

Ce mouvement prudent lui était en réalité facile.

Ten ostrożny ruch był dla niego łatwy.

Et sa largeur et son poids ne l'empêchaient pas de se déplacer.

A jego szerokość i ciężar nie ograniczały jego ruchów.

La masse de son corps suivit lentement le mouvement de sa tête.

Masa jego ciała powoli podążała za obrotem głowy.

Mais ensuite, il a passé la tête au-dessus du bord du lit.

Ale potem wyciągnął głowę ponad krawędź łóżka.

Et il dut faire face à une nouvelle peur à laquelle il n'avait pas encore pensé.

I stanął twarzą w twarz z nowym strachem, o którym dotąd nie myślał.

Poursuivre dans cette voie pourrait s'avérer dangereux.

Dalsze postępowanie w ten sposób może być niebezpieczne.

Il pensait qu'il allait simplement se laisser tomber.

Myślał, że po prostu upadnie.

Mais ce serait un miracle s'il ne s'était pas blessé à la tête.

Ale byłoby cudem, gdyby nie uszkodził sobie głowy.

Ce n'était pas le moment de risquer de perdre connaissance.

Teraz nie był odpowiedni moment na ryzyko utraty przytomności.

Finalement, il vaudrait peut-être mieux rester au lit.

Może jednak lepiej będzie zostać w łóżku.

Mais il devait ensuite faire le même effort pour revenir.

Ale potem musiał dokonać tego samego wysiłku, żeby wrócić.

Après tous ces efforts, il était allongé là, exactement comme avant.

Po całym tym wysiłku leżał tam, tak jak poprzednio.

Et maintenant, ses jambes semblaient encore plus en colère qu'elles ne l'avaient été.

A teraz jego nogi zdawały się być jeszcze bardziej wściekłe niż wcześniej.

Les mouvements de sa jambe étaient devenus encore plus incontrôlables.

Ruchy jego nóg stały się jeszcze bardziej niekontrolowane.

Il ne voyait aucun moyen de sortir de la situation dans laquelle il se trouvait.

Nie widział żadnego wyjścia z sytuacji, w której się znalazł.

Il était impossible de faire émerger la paix et l'ordre de ce chaos.

W tym chaosie nie udało się przywrócić spokoju i porządku.

Mais il savait que rester au lit n'était pas une option non plus.

Ale wiedział, że pozostanie w łóżku również nie wchodzi w grę.

Tout sacrifier était l'option la plus sensée.

Poświęcenie wszystkiego było najrozsądniejszą opcją.

Il s'accrochait au moindre espoir de pouvoir se lever.

Trzymał się kurczowo najmniejszej nadziei, że uda mu się wstać z łóżka.

S'il y parvenait, tous les risques en auraient valu la peine.

Gdyby mu się to udało, całe ryzyko byłoby warte zachodu.
Mais il se souvenait aussi d'autre chose en même temps.
Ale jednocześnie przypomniało mu się coś jeszcze.
« Mieux vaut réfléchir sereinement que de prendre des décisions désespérées. »
„Lepsze od desperackich decyzji są spokojne przemyślenia."
Il concentra tous ses efforts sur la fenêtre.
Ze wszystkich sił skupił wzrok na oknie.
Mais ce qu'il vit ne lui insuffla guère de confiance ni de joie.
Ale to, co zobaczył, nie napełniło go optymizmem i optymizmem.
La brume matinale enveloppait toute la rue étroite.
Poranna mgła pokryła całą wąską ulicę.
Le réveil sonna à nouveau ; il était maintenant sept heures.
Budzik zadzwonił ponownie; była już godzina siódma.
« Il est déjà sept heures et il y a encore un épais brouillard. »
„Jest już godzina siódma, a wciąż jest taka mgła."
Il resta un moment allongé, immobile, respirant faiblement.
Przez chwilę leżał spokojnie, oddychając słabo.
Un peu de calme permettrait peut-être de retrouver une certaine normalité.
Być może pewna cisza przyniosłaby odrobinę normalności.
Un silence complet pourrait engendrer les conditions réelles.
Całkowita cisza mogłaby doprowadzić do powstania prawdziwych warunków.
Mais avant que l'horloge ne sonne à nouveau, il rompit le silence.
Ale zanim zegar znów wybił godzinę, przerwał ciszę.
«Avant que l'horloge ne sonne à nouveau, je dois être levé.»
„Zanim zegar znów wybije, muszę wstać z łóżka."
« Je dois absolument être complètement levé à ce moment-là. »
„Do tego czasu muszę już całkowicie wstać z łóżka".
« Après 19h15, le bureau enverra quelqu'un. »
„Po 19:15 biuro wyśle kogoś."
"Parce que le bureau ouvrait avant sept heures."
„Ponieważ biuro otwierało się przed godziną siódmą."

Et il commença alors à se balancer hors du lit.

I zaczął wypychać swoje ciało z łóżka.

Il avait cessé de se concentrer sur le haut ou le bas de son corps.

Przestał skupiać się na górnej i dolnej części ciała.

Il fallut sortir tout son corps du lit.

Całe jego ciało musiało opuścić łóżko.

Tomber de cette façon devrait protéger sa tête, pensa-t-il.

Pomyślał, że upadek w ten sposób powinien ochronić jego głowę.

Il avait prévu de relever la tête lorsqu'il toucherait le sol.

Planował podnieść głowę, gdy uderzy o ziemię.

Son dos semblait suffisamment robuste pour encaisser le choc.

Tylna część jego ciała wydawała się wystarczająco twarda, by wytrzymać uderzenie.

Et le tapis était là pour amortir l'atterrissage.

A dywan miał za zadanie złagodzić lądowanie.

Ce qui le préoccupait le plus, cependant, c'était le bruit assourdissant.

Jego największym zmartwieniem był jednak głośny hałas.

Le bruit fracassant effrayerait tous les occupants de la maison.

Odgłos huku przestraszyłby wszystkich w domu.

Peut-être que le bruit fort ne les terrifierait pas.

Być może nie przerażałby ich głośny hałas.

Mais ils seraient certainement inquiets s'ils l'apprenaient.

Ale na pewno by się zaniepokoili, gdyby o tym usłyszeli.

Mais il fallait prendre le risque d'attirer l'attention.

Ale trzeba było podjąć ryzyko zwrócenia na siebie uwagi.

La nouvelle méthode s'apparentait davantage à un jeu qu'à un effort.

Nowa metoda była bardziej grą niż wysiłkiem.

Il devait balancer son corps par mouvements brusques et saccadés.

Musiał wykonywać gwałtowne, szarpiące ruchy całym ciałem.

Gregor était déjà à moitié sorti du lit.

Gregor był już w połowie w łóżku.

Une nouvelle idée venait de lui traverser l'esprit.

Teraz przyszła mu do głowy nowa myśl.

« Tout serait si facile si quelqu'un venait à mon secours. »

„Wszystko byłoby o wiele łatwiejsze, gdyby ktoś przyszedł mi z pomocą".

« Deux personnes fortes suffiraient amplement. »

„Dwie silne osoby w zupełności wystarczą."

Son père et la servante seraient assez forts.

Jego ojciec i służąca byliby wystarczająco silni.

Il leur suffirait de glisser leurs bras sous son dos.

Wystarczyło wsunąć ręce pod jego plecy.

Et ensuite, ils pourraient facilement le sortir du lit.

A potem mogliby go z łatwością wyciągnąć z łóżka.

Peut-être auraient-ils dû réduire son poids progressivement.

Być może musieliby stopniowo zmniejszać jego wagę.

Alors, espérons-le, les jambes auraient trouvé leur utilité.

Miejmy nadzieję, że wtedy nogi odnalazłyby swoje przeznaczenie.

« Ne serait-il pas préférable, après tout, de demander de l'aide ? »

„Czy nie byłoby lepiej wezwać pomoc?"

Le problème, bien sûr, c'est qu'il avait verrouillé les portes.

Problemem było oczywiście to, że zamknął drzwi.

Il y avait quelque chose dans cette idée qui le chatouillait.

Było coś w tej myśli, co go poruszyło.

Et malgré ses difficultés, il ne put réprimer un sourire.

I pomimo przeciwności losu nie mógł powstrzymać uśmiechu.

Il était déjà sur le point de perdre l'équilibre.

Teraz był już bliski utraty równowagi.

Chaque balancement le rapprochait un peu plus du moment où il basculerait du lit.

Każde uderzenie przybliżało go do upadku z łóżka.

Il allait bientôt devoir prendre la décision finale.

Wkrótce musiał podjąć ostateczną decyzję.

Dans cinq minutes, il serait sept heures et quart.

Za pięć minut miała być godzina 19:15.

Tandis qu'il était plongé dans ces pensées, la sonnette
retentit.
Gdy tak rozmyślał, zadzwonił dzwonek do drzwi.
« C'est quelqu'un du bureau », se dit-il.
„To ktoś z biura" – powiedział do siebie.
Et il fut presque paralysé de peur à cause du visiteur.
I prawie zamarł ze strachu przed przybyciem gości.
Ses jambes s'agitaient encore plus sauvagement
qu'auparavant.
Jego nogi tańczyły jeszcze dziko, niż poprzednio.
Mais ensuite, pendant un instant, tout resta silencieux.
Ale potem, na chwilę, wszystko ucichło.
« Ils n'ouvriront pas la porte », se dit Gregor.
„Nie otworzą drzwi" – powiedział sobie Gregor.
Il était encore prisonnier d'un espoir insensé.
Nadal był przejęty jakąś bezsensowną nadzieją.
Mais ensuite, bien sûr, la bonne s'est dirigée vers la porte.
Ale potem, oczywiście, pokojówka podeszła do drzwi.
Et, comme toujours, elle ouvrit la porte au visiteur.
I jak zwykle otworzyła drzwi gościowi.
Gregor n'avait besoin d'entendre que les premiers mots de
bienvenue du visiteur.
Gregorowi wystarczyło usłyszeć pierwsze powitanie gościa.
Il a tout de suite compris qui était venu le chercher.
Od razu wiedział, kto po niego przyszedł.
Le chef de bureau en personne était venu prendre des
nouvelles de Samsa.
Sam urzędnik przyszedł sprawdzić, co z Samsą.
Pourquoi Gregor était-il le seul à être condamné à un tel sort
?
Dlaczego tylko Gregor został skazany na taki los?
Pourquoi lui seul a-t-il dû servir dans une telle organisation
?
Dlaczego tylko on musiał służyć w takiej organizacji?
Le moindre oubli éveillait immédiatement les soupçons.
Najmniejsze niedopatrzenie od razu wzbudzało podejrzenia.

Tous les employés qui travaillaient là-bas étaient-ils des scélérats ?
Czy wszyscy tam pracujący pracownicy byli łajdakami?
N'y avait-il donc parmi eux aucune personne fidèle et dévouée ?
Czy nie było wśród nich osoby wiernej i oddanej?
N'auraient-ils pas pu simplement envoyer un apprenti ?
Czy nie mogli po prostu wysłać ucznia?
Toutes ces interrogations étaient-elles vraiment nécessaires ?
Czy wszystkie te pytania były w ogóle konieczne?
Le représentant autorisé devait-il se déplacer en personne ?
Czy upoważniony przedstawiciel musiał osobiście przyjechać?
Fallait-il vraiment informer toute la famille innocente ?
Czy cała niewinna rodzina musiała zostać poinformowana?
Toutes ces considérations ont poussé Gregor à agir.
Wszystkie te rozważania skłoniły Gregora do podjęcia działania.
Il se hissa hors du lit de toutes ses forces.
Z całej siły wyskoczył z łóżka.
Il y a eu une forte détonation, mais ce n'était pas vraiment un bruit.
Rozległ się głośny huk, ale nie był to prawdziwy hałas.
La chute avait été légèrement amortie par le tapis.
Upadek został nieco złagodzony przez dywan.
Son dos était plus élastique que Gregor ne l'avait imaginé.
Jego plecy były bardziej elastyczne, niż Gregor myślał.
Le son était donc plus sourd et moins perceptible.
Dźwięk był więc bardziej stłumiony i mniej słyszalny.
Mais il n'avait pas fait attention à sa tête pendant sa chute.
Ale nie zadbał o swoją głowę podczas upadku.
Et lorsqu'il a touché le sol, il s'est aussi cogné la tête.
A uderzając o ziemię uderzył się także w głowę.
Il se frotta la tête sur le tapis, en colère et souffrant.
Pocierał głowę o dywan ze złości i bólu.
Mais le gérant, qui se trouvait dans la pièce d'à côté, a entendu le bruit.

Ale menadżer w sąsiednim pokoju usłyszał hałas.

« Quelque chose est tombé là-dedans », a-t-il observé avec justesse.

„Coś tam wpadło" – zauważył trafnie.

Gregor essaya d'imaginer le manager dans sa situation.

Gregor próbował wyobrazić sobie menedżera w jego sytuacji.

« La même chose pourrait-elle lui arriver ? » se demanda-t-il.

„Czy jemu mogłoby się przytrafić to samo?" – zastanawiał się.

Il a admis que cet étrange événement pouvait être possible.

Przyjął, że to dziwne wydarzenie jest możliwe.

Puis le chef de bureau fit quelques pas vers la pièce.

Następnie starszy urzędnik zrobił kilka kroków w stronę pokoju.

C'était presque une réponse grossière à la question qu'il avait posée.

Była to niemalże prymitywna odpowiedź na zadane przez niego pytanie.

Ses bottes en cuir grinçaient lorsqu'il s'approcha de la porte.

Jego skórzane buty zaskrzypiały, gdy zbliżył się do drzwi.

Depuis la pièce située à sa droite, sa servante lui chuchota quelque chose.

Z pokoju po prawej stronie szeptała mu służąca.

"Gregor, le représentant autorisé est ici."

„Gregor, nasz upoważniony przedstawiciel jest tutaj."

« Je sais », dit Gregor, mais seulement à voix basse pour lui-même.

„Wiem" – powiedział Gregor, ale tylko cicho do siebie.

Il n'osait pas élever la voix au-dessus d'un murmure.

Nie odważył się podnieść głosu ponad szept.

Parce que Gregor ne voulait pas que sa sœur l'entende.

Ponieważ Gregor nie chciał, aby siostra go usłyszała.

« Gregor », dit le père depuis la pièce de gauche.

„Gregor" – powiedział ojciec z pokoju po lewej stronie.

«Le responsable est venu vérifier quel est le problème.»

„Kierownik przyszedł sprawdzić, na czym polega problem."

« Il vous a demandé pourquoi vous n'aviez pas pris le premier train. »

„Zapytał, dlaczego nie wyjechałeś wczesnym pociągiem."
« Nous ne savons pas quoi lui dire », a déclaré le père.
„Nie wiemy, co mu powiedzieć" – powiedział ojciec.
« D'ailleurs, il souhaite également vous parler personnellement. »
„A tak przy okazji, on też chce z tobą porozmawiać osobiście."
« Veuillez ouvrir la porte, afin qu'il puisse vous parler. »
"Proszę otworzyć drzwi, żeby mógł z panem porozmawiać."
« Il aura la gentillesse d'excuser le désordre dans la chambre. »
„Będzie tak miły i wybaczy bałagan w pokoju."
« Bonjour, Monsieur Samsa », lui lança le directeur.
„Dzień dobry, panie Samsa" – zawołał do niego kierownik.
Et il lui a certainement parlé de manière amicale.
I z pewnością rozmawiał z nim w przyjazny sposób.
« Il ne se sent pas bien », dit la mère au gérant.
„Nie czuje się dobrze" – powiedziała matka do kierownika.
« Il ne va pas bien du tout, croyez-moi, cher manager. »
„Wierz mi, drogi kierowniku, on wcale nie czuje się dobrze".
« Sinon, pourquoi Gregor aurait-il raté le train du matin ? »
„Z jakiego innego powodu Gregor miałby spóźnić się na poranny pociąg?"
«Le garçon ne pense qu'à ses affaires.»
„Chłopak nie myśli o niczym innym, tylko o interesach".
« Cela m'agace presque qu'il ne fasse rien d'autre. »
„Wkurza mnie to, że on nic innego nie robi".
« J'aimerais qu'il sorte le soir pour prendre l'air. »
„Chciałabym, żeby wychodził wieczorami na świeże powietrze".
« Il était en ville pendant huit jours pour affaires. »
„Przebywał w mieście osiem dni w interesach".
« Mais il était chez lui tous les soirs. »
„Ale potem każdego wieczoru był w domu"
«Il s'assoit à notre table et lit le journal.»
„Siedzi przy naszym stole i czyta gazetę."
« À d'autres moments, il étudie les horaires des trains. »
„W innym czasie studiuje rozkłady jazdy pociągów."

«Il lui arrive de s'occuper en faisant de la menuiserie.»
„Czasami zajmuje się stolarką.”
« Par exemple, il a sculpté un petit cadre photo en bois. »
„Na przykład wyrzeźbił małą drewnianą ramkę do obrazu.”
« Pendant deux ou trois soirées, il était occupé avec la scie. »
„Przez dwa lub trzy wieczory był zajęty piłą.”
«Vous serez étonné(e) de voir à quel point le cadre photo est joli.»
"Zdziwisz się, jak piękna jest ta ramka."
«Il a accroché le cadre photo dans sa chambre.»
„Powiesił ramkę ze zdjęciem w swoim pokoju.”
« Quand il ouvrira la porte, vous verrez ses boiseries. »
„Kiedy otworzy drzwi, zobaczysz jego stolarkę.”
« Au fait, je suis ravi que vous soyez ici, Monsieur Prokurist. »
„A tak przy okazji, cieszę się, że pan tu jest, panie Prokurist.”
« Nous n'aurions pas pu, à nous seuls, forcer Gregor à ouvrir la porte. »
„Sami nie bylibyśmy w stanie zmusić Gregora do otwarcia drzwi.”
« Il est tellement têtu », a avoué sa mère au vendeur.
„On jest taki uparty” – zwierzyła się jego matka urzędnikowi.
« Il est certainement malade, même s'il l'a nié auparavant. »
„Z pewnością czuje się źle, chociaż wcześniej temu zaprzeczał”.
« J'arrive tout de suite », dit Gregor lentement et prudemment.
„Zaraz tam będę” – powiedział Gregor powoli i ostrożnie.
Mais il ne fit aucun mouvement vers la porte de la pièce.
Jednak nie ruszył się w stronę drzwi pokoju.
Il ne voulait pas perdre un seul mot de la conversation.
Nie chciał stracić ani jednego słowa z rozmowy.
Le chef de bureau a approuvé l'évaluation de la mère.
Starszy urzędnik zgodził się z oceną matki.
« Je ne peux pas l'expliquer autrement non plus, madame. »
"Ja też nie potrafię tego inaczej wytłumaczyć, proszę pani."

« Espérons tous qu'il ne souffre d'aucune maladie grave », a-
t-il déclaré.

„Miejmy nadzieję, że nie cierpi na żadną poważną chorobę" –
powiedział.

« D'un autre côté, c'est un risque pour notre secteur. »

„Z drugiej strony, jest to zagrożenie dla naszej branży".

« Nous, les hommes d'affaires, devons souvent surmonter un
certain malaise. »

„My, ludzie biznesu, często musimy stawić czoła
niedogodnościom".

« Les professionnels doivent simplement faire abstraction
des petites douleurs. »

„Profesjonaliści muszą po prostu znosić drobne
niedogodności".

Pendant ce temps, son père frappa de nouveau à l'autre
porte.

Tymczasem jego ojciec ponownie zapukał do drugich drzwi.

« Le chef de bureau peut-il entrer maintenant ? » demanda-t-
il.

„Czy starszy urzędnik może już wejść?" – chciał wiedzieć.

« Non, il ne peut pas », répondit Gregor à la question de son
père.

„Nie, nie może" – odpowiedział Gregor na pytanie ojca.

Un silence gênant s'installa dans la pièce de gauche.

W pokoju po lewej stronie zapadła niezręczna cisza.

Dans la pièce de droite, la sœur se mit à sangloter.

W pokoju po prawej stronie siostra zaczęła szlochać.

Pourquoi la sœur n'était-elle pas partie rejoindre les autres ?

Dlaczego siostra nie poszła do innych?

Elle venait probablement de se lever, pensa-t-il.

Pewnie dopiero co wstała z łóżka, pomyślał.

Elle n'a peut-être même pas encore commencé à s'habiller.

Chyba nawet jeszcze nie zaczęła się ubierać.

Mais Gregor ne comprenait pas pourquoi elle pleurait.

Ale Gregor nie mógł zrozumieć, dlaczego ona płacze.

Était-ce parce qu'il ne s'était pas levé pour laisser entrer le
directeur ?

Czy to dlatego, że nie wstał i nie wpuścił kierownika?

Était-ce parce qu'il risquait de perdre son emploi ?

Czy to dlatego, że groziła mu utrata pracy?

Le patron pourrait-il s'en prendre aux parents comme avant ?

Czy szef może znowu zaatakować rodziców, tak jak poprzednio?

Allait-il leur formuler à nouveau les mêmes exigences qu'auparavant ?

Czy zamierzał znów stawiać im stare żądania?

Il n'y avait probablement pas lieu de s'inquiéter de ces choses-là.

O te rzeczy prawdopodobnie nie trzeba było się martwić.

Pour le moment, elle n'avait aucune raison de pleurer.

Na razie nie miała powodu do płaczu.

Gregor était toujours là, subvenant aux besoins de sa famille.

Gregor nadal tu był i utrzymywał rodzinę.

Et il n'a jamais eu l'intention de quitter sa famille.

I nigdy nie miał zamiaru opuszczać rodziny.

Pour le moment, il restait simplement allongé là, sur le tapis.

Na razie po prostu leżał na dywanie.

La famille ignorait son état.

Rodzina nie wiedziała w jakim stanie się znajdował.

S'ils avaient su, ils n'auraient pas encouragé son patron.

Gdyby wiedzieli, nie zachęcaliby jego szefa.

Ils n'auraient même pas laissé entrer le gérant.

Nawet menadżerowi nie pozwoliliby wejść do domu.

Le refouler n'aurait pas été particulièrement impoli.

Odprawienie go nie byłoby szczególnie niegrzeczne.

Il aurait facilement pu trouver une excuse convenable plus tard.

Później z łatwością mógłby znaleźć odpowiednią wymówkę.

Ce n'était pas un motif de licenciement.

To nie było coś, za co można było go zwolnić.

Gregor pensait qu'il serait plus judicieux de le laisser tranquille désormais.

Gregor uznał, że teraz rozsądniej będzie zostawić go w spokoju.

Le déranger en pleurant et en parlant n'a pas beaucoup aidé.

Przeszkadzanie mu płaczem i rozmowami nie przynosiło żadnych efektów.

Mais c'était l'incertitude qui inquiétait les autres.

Ale to niepewność niepokoiła pozostałych.

Et c'est cette incertitude qui a excusé leur comportement.

A ta niepewność usprawiedliwiała ich zachowanie.

« Monsieur Samsa », appela le directeur d'une voix forte.

„Panie Samsa!" – zawołał kierownik podniesionym głosem.

« Qu'est-ce qui se passe avec toi ? » a-t-il voulu savoir.

„Co się z tobą dzieje?" chciał wiedzieć.

« Tu t'es barricadé dans ta chambre. »

"Zabarykadowałeś się w swoim pokoju."

«Vous ne pouvez répondre que par «oui» ou «non».»

„Możesz odpowiedzieć tylko „tak" lub „nie".

«Vous causez de sérieux soucis à vos parents.»

„Sprawiasz swoim rodzicom poważne zmartwienia".

« Je ne vois pas de bonne raison de les inquiéter. »

„Nie widzę powodu, dla którego miałbyś ich martwić".

« Il y a une autre chose que je mentionnerai en passant. »

„Jest jeszcze jedna rzecz, o której wspomnę mimochodem."

«Vous négligez également vos obligations professionnelles envers nous.»

"Zaniedbujesz również swoje obowiązki służbowe wobec nas."

« Une telle irresponsabilité ne vous ressemble pas du tout. »

„Taka nieodpowiedzialność jest zupełnie nietypowa dla ciebie".

« Je parle ici au nom de vos parents et de votre patron. »

„Mówię w imieniu twoich rodziców i twojego szefa".

« Et je vous demande une explication immédiate et claire. »

„Proszę o natychmiastowe i jasne wyjaśnienie."

« Je dois dire que tout cela m'étonne vraiment. »

„Muszę przyznać, że cała ta sprawa naprawdę mnie zadziwia".

« Je pensais vous connaître comme une personne calme et raisonnable. »

„Myślałem, że znasz mnie jako osobę spokojną i rozsądną."

« Mais maintenant, tu nous montres une autre facette de toi. »

„Ale teraz pokazujesz nam inną stronę swojej osobowości".

«Vous faites soudain preuve de vos caprices très particuliers.»

„Nagle zacząłeś przejawiać swoje bardzo osobliwe kaprysy."

« Mais il pourrait y avoir une explication à votre échec. »

„Ale może być jakieś wytłumaczenie twojej porażki".

« Le patron a mentionné une dette que vous aviez recouvrée pour nous. »

Szef wspomniał o długu, który dla nas ściągnąłeś.

« J'ai donné ma parole d'honneur au patron en votre nom. »

"Dałem szefowi słowo honoru za ciebie."

« Mais maintenant je vois votre obstination incompréhensible. »

„Ale teraz widzę twoją niezrozumiałą upartość."

« Je pourrais encore perdre toute envie de vous aider. »

„Mogę jednak stracić wszelką chęć, żeby ci pomóc".

«Votre sécurité d'emploi n'est en aucun cas totalement stable.»

„Twoje bezpieczeństwo zatrudnienia wcale nie jest w pełni stabilne".

« À l'origine, je comptais vous dire tout cela en privé. »

„Pierwotnie zamierzałem powiedzieć ci to wszystko prywatnie".

« Mais maintenant je vois que vous voulez que je perde mon temps ici. »

„Ale teraz widzę, że chcesz, żebym marnował tu czas."

«Je ne vois donc aucune raison pour que vos parents ne le sachent pas.»

„Dlatego nie widzę powodu, dla którego twoi rodzice nie mieliby o tym wiedzieć".

«Vos récentes performances n'ont pas été satisfaisantes.»

„Twoje ostatnie osiągnięcia nie były zadowalające".

« Je reconnais que les ventes sont plus lentes à cette période de l'année. »

„Przyznaję, że o tej porze roku sprzedaż jest mniejsza".

« Mais il n'y a pas de période de l'année où il n'y a pas de ventes. »

„Ale nie ma pory roku, w której nie byłoby wyprzedaży".

Pendant un instant, Gregor oublia tout ce qui l'entourait.

Gregor na chwilę zapomniał o wszystkim, co go otaczało.

« Mais Monsieur Prokurist ! » s'écria Gregor, désespéré.

„Ale panie Prokurist!" – krzyknął Gregor w rozpaczy.

« J'ouvre la porte tout de suite, maintenant, ne vous inquiétez pas. »

"Zaraz otworzę drzwi, teraz, nie martw się."

«Le problème, c'est que je ne me sens pas très bien.»

„Problem w tym, że ostatnio czuję się dość źle".

« Mes vertiges m'ont empêché d'atteindre la porte. »

„Zawroty głowy uniemożliwiły mi dotarcie do drzwi."

« Je suis encore au lit, mais je me sens beaucoup mieux. »

„Nadal leżę w łóżku, ale czuję się o wiele lepiej".

«Un instant, s'il vous plaît, je viens de me lever.»

"Chwileczkę, proszę, właśnie wstaję z łóżka."

« Un instant de patience, c'est tout ce que je vous demande, Monsieur Prokurist. »

„Proszę tylko o chwilę cierpliwości, panie Prokurist."

« Ça ne se passe pas aussi bien que je le pensais, mais ça ira. »

„Nie idzie mi tak dobrze, jak myślałem, ale dam sobie radę".

« Comment une telle chose peut-elle arriver à une personne aussi rapidement ? »

„Jak coś takiego może przydarzyć się człowiekowi tak szybko?"

« Je me sentais bien hier soir, mes parents le savent. »

„Wczoraj wieczorem czułem się dobrze, moi rodzice o tym wiedzą".

« Mais peut-être avais-je déjà un petit pressentiment à ce moment-là. »

„Ale może już wtedy miałem małe przeczucie".

«Vous pourriez vous demander pourquoi je ne l'ai pas
signalé au bureau.»
„Możesz zapytać, dlaczego nie zgłosiłem tego w biurze".
« Je pensais que je me sentirais beaucoup mieux demain
matin. »
„Myślałam, że rano poczuję się o wiele lepiej".
« On pense toujours qu'ils auront vaincu la maladie d'ici là.
»
„Zawsze myśli się, że do tego czasu uda się pokonać chorobę".
« Mais je vous en prie ! Épargnez mes parents de ces
accusations ! »
„Ale proszę! Oszczędź moich rodziców tych oskarżeń!"
« On ne m'a pas dit un mot de ce que vous m'avez dit. »
„Nie powiedziano mi ani słowa o tym, co mi powiedziałeś."
« Il se peut que vous n'ayez pas lu les dernières commandes
que j'ai envoyées. »
„Być może nie przeczytałeś ostatnich rozkazów, jakie
wysłałem".
« Au fait, vous n'avez pas à vous inquiéter pour moi
aujourd'hui. »
„A tak przy okazji, nie musisz się dziś o mnie martwić."
«Je vais quand même prendre le train de huit heures.»
„Nadal zamierzam pojechać pociągiem o ósmej."
« Ces quelques heures de repos m'ont suffisamment
revigoré. »
„Kilka godzin odpoczynku wystarczyło, żeby mnie
wzmocnić".
« Vous n'avez vraiment pas besoin d'attendre, manager. »
"Naprawdę nie ma potrzeby, żebyś czekał, menadżerze."
« Moi aussi, je serai bientôt au bureau. »
„Ja również wkrótce będę w biurze."
« Et s'il vous plaît, ayez la gentillesse de dire un mot en ma
faveur. »
"I proszę, bądź tak miły i wstaw się za mną."
Gregor avait donné son explication assez précipitamment.
Gregor wygłosił swoje wyjaśnienie dość pospiesznie.
Il ne savait pas vraiment ce qu'il essayait de dire.

Nie bardzo wiedział, co tak naprawdę chciał powiedzieć.
Il s'est approché de la boîte et a essayé de s'en servir pour se lever.
Podszedł do pudełka i spróbował się na nim podnieść.
Il avait vraiment l'intention d'ouvrir la porte.
Naprawdę miał zamiar otworzyć drzwi.
Il souhaitait être reçu par le représentant autorisé.
Chciał, żeby zobaczył go upoważniony przedstawiciel.
Et il voulait régler le problème avec lui personnellement.
Chciał rozwiązać problem z nim osobiście.
Il était impatient de savoir comment les autres réagiraient à son égard.
Chciał wiedzieć, jak zareagują na niego inni.
Ils doivent maintenant être impatients de savoir comment il va.
Oni na pewno już teraz są ciekawi, jak się czuje.
Il y avait deux façons possibles dont ils pouvaient réagir face à lui.
Mogli zareagować na niego na dwa sposoby.
Une possibilité était qu'ils aient peur.
Jedną z możliwości było to, że się przestraszyli.
S'ils avaient peur, alors il n'en était pas responsable.
Jeśli się bali, to nie ponosił żadnej odpowiedzialności.
Et alors, il n'aurait plus à s'inquiéter de la situation.
I wtedy nie musiałby się martwić tą sytuacją.
Mais il y avait aussi une autre possibilité à envisager.
Ale była też inna możliwość do rozważenia.
Peut-être accepteraient-ils sereinement sa personnalité.
Może spokojnie zaakceptowaliby go takim, jaki był.
Gregor n'aurait alors aucune raison de se fâcher non plus.
Wtedy Gregor również nie miałby powodu, żeby się denerwować.
Il y aurait encore assez de temps pour prendre le train.
Będzie jeszcze wystarczająco dużo czasu, żeby zdążyć na pociąg.
Cependant, se tenir debout n'était pas une tâche facile.

Jednakże utrzymanie się w pozycji wyprostowanej wcale nie
było łatwym zadaniem.
Lors de ses premières tentatives, il a glissé hors de la boîte.
Przy pierwszych kilku próbach nie udało mu się wydostać z
pudełka.
La boîte était trop lisse pour qu'il puisse s'y appuyer.
Pudełko było zbyt gładkie, aby mógł się o nie oprzeć.
Et finalement, il se donna un dernier effort pour se relever.
I w końcu zebrał się na ostatni wysiłek, żeby wstać.
**Il ne prêta plus attention à la douleur qu'il ressentait à
l'abdomen.**
Nie zwracał już uwagi na ból brzucha.
Peu importe l'intensité de la douleur, il la surmonterait.
Bez względu na to jak wielki byłby ból, on by sobie z nim
poradził.
Il se laissa tomber contre le dossier d'une chaise voisine.
Upadł na oparcie pobliskiego krzesła.
Et il s'accrochait aux bords avec ses petites jambes.
I trzymał się krawędzi swoimi małymi nóżkami.
À ce stade, il avait repris le contrôle de lui-même.
W tym momencie odzyskał nad sobą większą kontrolę.
Et sa chute fut plus silencieuse que la précédente.
A jego upadek był cichszy niż poprzedni.
Parce qu'il devait écouter ce que disait le manager.
Ponieważ musiał słuchać tego, co mówił menadżer.
**« Avez-vous compris quelque chose à tout cela ? » demanda-
t-il aux parents.**
„Czy cokolwiek z tego zrozumieliście?" – zapytał rodziców.
« Il ne se moquerait pas de nous, n'est-ce pas ? »
„Nie zrobiłby z nas głupców, prawda?"
« Pour l'amour de Dieu ! » s'écria la mère, déjà en larmes.
„Na miłość boską!" – zawołała matka, już płacząc.
« Il est peut-être gravement malade et nous le tourmentons. »
„Być może jest poważnie chory, a my go dręczymy".
« Grete ! Grete ! » cria-t-elle à sa fille.
„Grete! Grete!" krzyknęła do córki.
« Maman ? » appela la sœur de l'autre côté.

"Mamo?" zawołała siostra z drugiej strony.

Ils ont ensuite communiqué par l'intermédiaire de la chambre de Gregor.

Następnie komunikowali się za pośrednictwem pokoju Gregora.

« Gregor est très malade et il a besoin de médicaments. »

„Gregor jest bardzo chory i potrzebuje lekarstw."

«Vous devrez aller chez le médecin immédiatement.»

"Musisz natychmiast udać się do lekarza."

« Tu as entendu comment Gregor parlait tout à l'heure ? »

„Słyszałeś, co przed chwilą mówił Gregor?"

« C'était la voix d'un animal », a déclaré le gérant.

„To był głos zwierzęcia" – powiedział kierownik.

Ses paroles étaient douces comparées aux cris de la mère.

Jego słowa były ciche w porównaniu z krzykami matki.

« Anna ! Anna ! » appela le père depuis l'antichambre.

„Anno! Anno!" – zawołał ojciec z przedpokoju.

Et il a claqué des mains pour attirer leur attention.

I klasnął w dłonie, żeby zwrócić ich uwagę.

« Appelez immédiatement un serrurier ! » ordonna-t-il à la bonne.

"Natychmiast wezwij ślusarza!" rozkazał pokojówce.

Les filles, en jupes, traversèrent l'antichambre en courant.

Dziewczyny w spódniczkach biegały przez przedpokój.

Et leurs jupes bruissaient lorsqu'elles passèrent en courant devant sa chambre.

A ich spódnice szeleściły, gdy przebiegały obok jego pokoju.

« Comment sa sœur a-t-elle fait pour s'habiller si vite ? » se demanda-t-il.

„Jak ta siostra mogła się tak szybko ubrać?" – pomyślał.

La porte a été arrachée, mais elle n'a pas été claquée.

Drzwi zostały wyrwane, ale nie zatrzaśnięte.

C'est fréquent dans les maisons où survient un grand malheur.

Jest to częste zjawisko w domach, w których wydarzyło się wielkie nieszczęście.

Mais tout cela avait considérablement apaisé Gregor.

Ale wszystko to sprawiło, że Gregor stał się znacznie spokojniejszy.

Quand il entendait ses propres paroles, elles lui paraissaient claires.

Kiedy usłyszał swoje własne słowa, wydały mu się jasne.

En fait, il estimait que ses paroles avaient été plus claires.

W rzeczywistości miał wrażenie, że jego słowa były wyraźniejsze.

Mais les autres ne comprenaient plus ce qu'il disait.

Ale pozostali już nie rozumieli, co mówił.

Peut-être s'était-il habitué à ses oreilles à ce moment-là.

Być może przyzwyczaił się już do swoich uszu.

Mais au moins, ils comprenaient maintenant mieux sa situation.

Ale przynajmniej teraz lepiej rozumieli jego sytuację.

Ils se sont rendu compte qu'il y avait vraiment quelque chose qui n'allait pas chez lui.

Zrozumieli, że naprawdę jest z nim coś nie tak.

Et ils faisaient maintenant tout leur possible pour l'aider.

I teraz robili wszystko co mogli, żeby mu pomóc.

Cela redonna à Gregor un sentiment de confiance qui lui manquait.

Dało to Gregorowi poczucie pewności siebie, którego mu brakowało.

Et il se sentait de nouveau beaucoup plus en sécurité au sein de sa famille.

I znów poczuł się o wiele bezpieczniej w rodzinie.

Il avait le sentiment d'être à nouveau intégré au cercle humain.

Poczuł, że znów został włączony do kręgu ludzi.

Il ne lui restait plus qu'à espérer que le serrurier puisse ouvrir la porte.

Teraz musiał mieć nadzieję, że ślusarzowi uda się otworzyć drzwi.

Et il espérait que le médecin serait capable d'accomplir de telles tâches.

I miał nadzieję, że lekarz będzie w stanie wykonywać takie
zadania.
Il allait bientôt devoir reprendre la parole.
Wkrótce znów będzie musiał mówić więcej.
Il allait falloir que sa voix soit aussi claire que possible.
Jego głos musiał być tak wyraźny, jak to tylko możliwe.
Pour se préparer à la réunion, il s'éclaircit la gorge.
Aby przygotować się do spotkania, odchrząknął.
Il s'efforçait toutefois de tousser très discrètement.
Starał się jednak kaszleć bardzo cicho.
Ce bruit pouvait être différent d'une toux humaine.
Dźwięk ten mógł różnić się od kaszlu człowieka.
**Il savait qu'il ne pouvait plus faire la différence entre de
telles choses.**
Wiedział, że nie będzie już w stanie odróżnić takich rzeczy.
Dans la pièce voisine, le silence était total.
W sąsiednim pokoju zrobiło się zupełnie cicho.
Les parents étaient probablement assis à table.
Rodzice prawdopodobnie siedzieli przy stole.
Ils chuchotaient peut-être avec le gérant.
Być może szeptali z kierownikiem.
**Peut-être que tout le monde était appuyé contre la porte et
écoutait.**
Być może wszyscy stali przy drzwiach i podsłuchiwali.
Gregor poussa lentement la chaise vers la porte.
Gregor powoli przesunął krzesło w stronę drzwi.
Il s'appuya contre la porte et se tint droit.
Naparł na drzwi i utrzymał równowagę.
**Il a découvert que la plante de ses pieds était légèrement
collée.**
Dowiedział się, że poduszki jego stóp mają odrobinę kleju.
Et il se reposa là un instant, épuisé.
I tam odpoczął na chwilę od wysiłku.
**Après s'être suffisamment reposé, il s'attela à la tâche
suivante.**
Odpocząwszy wystarczająco, zabrał się za następne zadanie.
Il commença à tourner la clé dans la serrure avec sa bouche.

Zaczął przekręcać klucz w zamku ustami.

Malheureusement, il semblait qu'il n'avait pas de dents.

Niestety, wyglądało na to, że nie miał prawdziwych zębów.

Mais quel autre moyen avait-il pour s'emparer des clés ?

Ale jaki inny sposób miał na zdobycie kluczy?

Heureusement pour lui, ses mâchoires étaient bien sûr très fortes.

Na jego szczęście szczęki były bardzo silne.

Grâce à la force de ses mâchoires, il a vraiment réussi à faire bouger la clé.

Za pomocą szczęk udało mu się wprawić klucz w ruch.

Il ne doutait pas qu'il se faisait du mal à lui-même également.

Nie miał wątpliwości, że sam sobie szkodzi.

Parce qu'un liquide brunâtre sortait de sa bouche.

Ponieważ z jego ust wydobywała się brązowa ciecz.

Le liquide brunâtre a coulé sur la clé et le long de la porte.

Brązowa ciecz spłynęła po kluczu i po drzwiach.

Mais Gregor ne se souciait pas de se faire du mal.

Ale Gregorowi nie przeszkadzało to, że robi sobie krzywdę.

« Vous entendez ça ? » demanda le gérant dans la pièce voisine.

„Słyszysz to?" zapytał menadżer w sąsiednim pokoju.

« Il tourne la clé », avait remarqué le gérant.

„Przekręca kluczyk" – zauważył kierownik.

Ces paroles furent un grand encouragement pour Gregor.

Te słowa były dla Gregora wielką zachętą.

Mais le père et la mère auraient également dû crier :

Ale ojciec i matka powinni byli także zawołać:

« Bien joué, Gregor ! » auraient-ils dû lui crier.

„Dobrze, Gregor" – powinni byli do niego krzyknąć.

«Continue, continue de tourner la clé, tu peux le faire.»

"Kontynuuj, przekręcaj kluczyk, dasz radę."

Mais Gregor dut plutôt imaginer leur enthousiasme.

Zamiast tego Gregor musiał sobie wyobrazić ich podekscytowanie.

Il serra les mâchoires de toutes ses forces.

Zacisnął szczęki z całej siły.

Et il continua à tourner la clé dans la serrure.

I dalej kręcił kluczem w zamku.

Son corps se tordit douloureusement en un cercle.

Jego ciało boleśnie kręciło się w kółko.

Il ne tenait plus debout qu'avec sa bouche.

Teraz utrzymywał się w pozycji pionowej wyłącznie dzięki ustom.

Pour continuer à tourner la clé, il appuya contre la porte.

Aby kontynuować przekręcanie klucza, naciskał na drzwi.

Finalement, le claquement de la serrure réveilla de nouveau Gregor.

W końcu trzask zamka ponownie obudził Gregora.

« Je n'avais donc pas besoin du serrurier », soupira-t-il de soulagement.

„Więc nie potrzebowałem ślusarza" – westchnął z ulgą.

Il ne lui restait plus qu'à ouvrir la porte qu'il avait déverrouillée.

Teraz musiał tylko otworzyć drzwi, które odblokował.

Et, la tête sur la poignée, il ouvrit la porte.

I opierając głowę na klamce, otworzył drzwi.

Il se trouvait derrière la porte qui donnait sur sa chambre.

Stał za drzwiami, które prowadziły do jego pokoju.

La porte était donc déjà ouverte avant même qu'on puisse le voir.

Drzwi były więc otwarte zanim go zauważono.

Il lui fallait ensuite se faufiler autour de la porte elle-même.

Następnie musiał manewrować wokół drzwi.

Ce mouvement difficile a également nécessité beaucoup d'efforts.

Ten trudny ruch wymagał również wiele wysiłku.

Il ne voulait pas tomber maladroitement dans la pièce voisine.

Nie chciał niezgrabnie wejść do sąsiedniego pokoju.

Il n'avait donc pas le temps de prêter attention à quoi que ce soit d'autre.

Nie miał więc czasu, by zwracać uwagę na cokolwiek innego.

Mais il entendit alors le chef de bureau s'exclamer bruyamment : « Oh ! »

Ale potem usłyszał, jak starszy urzędnik głośno mówi: „Och!".

On aurait dit que le vent soufflait en rafales dans la maison.

Słychać było szum wiatru w domu.

Il se trouvait être celui qui était le plus proche de la porte.

Tak się złożyło, że był najbliżej drzwi.

Et maintenant, en le voyant, il porta sa main à sa bouche.

A teraz, widząc go, przyłożył mu rękę do ust.

Il recula lentement, s'éloignant de Gregor.

Powoli zaczął się cofać, oddalając się od Gregora.

Mais c'était comme si une force invisible agissait sur lui.

Ale było tak, jakby na niego oddziaływała jakaś niewidzialna siła.

La première chose que fit la mère fut de regarder le père.

Pierwszą rzeczą, jaką zrobiła matka, było spojrzenie na ojca.

Malgré la présence du gérant, ses cheveux étaient en désordre.

Pomimo obecności kierownika, jej włosy były potargane.

Elle déplia les bras et fit deux pas en avant.

Rozłożyła ramiona i zrobiła dwa kroki do przodu.

Mais elle s'est effondrée au milieu de sa jupe.

Ale potem osunęła się w środku spódnicy.

Sa robe s'est étalée tout autour d'elle sur le sol.

Jej sukienka rozpostarła się wokół niej na podłodze.

Et sa tête disparut sur sa poitrine.

A jej głowa zniknęła w dół, na jej własnych piersiach.

Le père serra le poing avec une expression hostile.

Ojciec zacisnął pięść i przybrał wrogi wyraz twarzy.

Il semblait vouloir que Gregor soit renvoyé dans sa chambre.

Wydawało się, że chce, aby Gregor wrócił do swojego pokoju.

Il jeta ensuite un regard incertain autour du salon.

Następnie niepewnie rozejrzał się po salonie.

Et finalement, il se couvrit les yeux entre ses mains.

Na koniec zasłonił oczy dłońmi.

Et il pleura amèrement jusqu'à ce que sa poitrine puissante tremble.

I płakał tak gorzko, że aż cała jego pierś drżała.

Gregor n'est en réalité pas entré dans leur chambre.

Gregor w ogóle nie wszedł do ich pokoju.

Au lieu de cela, il s'appuya contre le cadre de la porte.

Zamiast tego oparł się o framugę drzwi.

Seule la moitié de son corps était visible de l'extérieur.

Tylko połowa jego ciała była widoczna dla osób znajdujących się na zewnątrz.

Et sur son corps reposait sa tête, inclinée sur le côté.

A na jego ciele znajdowała się głowa przechylona na bok.

La lumière était désormais devenue beaucoup plus vive qu'auparavant.

Teraz światło stało się o wiele jaśniejsze niż poprzednio.

On pouvait désormais voir clairement l'autre côté de la rue.

Teraz można było wyraźnie zobaczyć drugą stronę ulicy.

Une partie de l'hôpital gris et interminable se dévoila.

Ukazał się fragment bezkresnego, szarego szpitala.

La pluie matinale n'avait pas encore complètement cessé de tomber.

Poranny deszcz jeszcze całkowicie nie przestał padać.

Mais maintenant, les gouttes de pluie étaient plus grosses et plus espacées.

Ale teraz krople deszczu były większe i znajdowały się w większej odległości od siebie.

Les plats du petit-déjeuner étaient disposés en abondance sur la table.

Dania śniadaniowe były na stole w obfitości.

Le père considérait le petit-déjeuner comme le repas le plus important.

Ojciec uważał śniadanie za najważniejszy posiłek.

Le petit-déjeuner était un repas qu'il s'éternisait pendant des heures.

Śniadanie było posiłkiem, który ciągnął się godzinami.

Et pendant ces heures, il lisait les différents journaux.

A w tych godzinach czytał różne gazety.

Juste en face, sur le mur, était accrochée une photo de Gregor.
Na przeciwległej ścianie wisiało zdjęcie Gregora.
La photographie accrochée au mur le montrait en lieutenant.
Zdjęcie na ścianie przedstawiało go jako porucznika.
C'était une photo de l'époque où il était dans l'armée.
Było to zdjęcie z czasu, gdy służył w wojsku.
Sa main était posée sur son épée, et il arborait un sourire insouciant.
Jego ręka spoczywała na mieczu, a na twarzy miał beztroski uśmiech.
Sa posture et son uniforme imposaient un certain respect.
Jego postawa i mundur wymagały pewnego szacunku.
L'autre porte qui menait à l'antichambre était également ouverte.
Drugie drzwi prowadzące do przedpokoju również były otwarte.
Et la porte de l'appartement était encore ouverte elle aussi.
A drzwi do mieszkania również były nadal otwarte.
On pouvait voir jusqu'à la cour de l'immeuble.
Widok rozciągał się aż do dziedzińca apartamentu.
Puis les escaliers descendaient sur la rue en contrebas.
A potem schody prowadziły w dół, na ulicę.
Gregor était le seul à avoir gardé son sang-froid.
Gregor był jedyną osobą, która zachowała spokój.
Il a constaté cela, la conversation était donc de sa responsabilité.
Widział to, więc rozmowa stała się jego odpowiedzialnością.
« Bon, je vais m'habiller pour le travail maintenant », dit-il.
„No to teraz ubiorę się do pracy" – powiedział.
« Une fois que j'aurai emballé les échantillons de tissu, je partirai. »
„Po spakowaniu próbek tekstyliów wyjdę."
«Vous comptez toujours me tirer dessus, Monsieur Prokurist ?»
„Czy nadal zamierza mnie pan zwolnić, panie Prokurist?"

« Comme vous pouvez le constater, je ne suis pas aussi têtue que vous le pensiez. »

„Jak widzisz, nie jestem tak uparty, jak myślałeś."

« Et vous pouvez constater que j'aime bien travailler, après tout. »

„I widzisz, że jednak lubię pracować".

« Je peux admettre que voyager pour le travail n'est pas facile. »

„Mogę przyznać, że podróżowanie służbowe nie jest łatwe."

« Mais je peux aussi accepter que cela fasse partie de mon travail. »

„Ale mogę też zaakceptować, że to część mojej pracy".

« Chef de projet, où allez-vous ? Retournez-vous au bureau ? »

„Menadżer, dokąd idziesz? Do biura?"

« Allez-vous rapporter fidèlement tout ce que vous avez vu ? »

„Czy zeznasz zgodnie z prawdą o wszystkim, co widziałeś?"

«Il arrive parfois qu'on soit dans l'incapacité d'aller travailler.»

„Czasami zdarza się, że nie jesteśmy w stanie pójść do pracy."

« C'est le moment idéal pour se souvenir des succès passés. »

„To właściwy moment, aby przypomnieć sobie minione osiągnięcia".

« Une fois la difficulté surmontée, on travaille encore mieux. »

„Po usunięciu trudności działa się jeszcze lepiej".

« Ma diligence et ma concentration vont augmenter. »

„Moja pracowitość i koncentracja wzrosną".

«Vous savez très bien que je suis redevable envers le patron.»

„Dobrze wiesz, że jestem wdzięczny szefowi".

« Mais je suis aussi inquiète pour mes parents et ma sœur. »

„Ale martwię się też o moich rodziców i siostrę".

« Je suis dans une situation délicate, mais je vais m'en sortir. »

„Jestem w trudnej sytuacji, ale dam sobie radę".

« Ne compliquez pas davantage les choses. »
„Nie utrudniaj tego bardziej, niż jest."
« En tant que collègues, nous devons aussi nous entraider. »
Jako współpracownicy musimy sobie nawzajem pomagać.
« Je sais que les employés de bureau n'aiment pas les
voyageurs. »
„Wiem, że pracownicy biurowi nie lubią podróżnych".
«Vous croyez qu'on gagne des fortunes et qu'on mène une
vie confortable.»
„Myślisz, że zarabiamy fortunę i prowadzimy dobre życie."
« Ils n'ont aucune raison valable de tenir compte de leurs
préjugés. »
„Nie mają żadnego powodu, żeby brać pod uwagę swoje
uprzedzenia".
« Mais vous, agent habilité, votre rôle est différent. »
„Ale ty, upoważniony oficer, masz inną rolę."
«Vous avez une meilleure vue d'ensemble que les autres
membres du personnel.»
„Masz lepszy ogląd sytuacji niż pozostali pracownicy."
« En fait, je pense que vous avez peut-être la meilleure vue
d'ensemble. »
„Myślę, że tak naprawdę masz najlepszy ogląd sytuacji."
«Vous avez une meilleure vision d'ensemble que le patron
lui-même.»
„Masz lepszy ogląd sytuacji niż sam szef."
« J'admets que c'est le patron qui fait le travail
d'entrepreneur. »
„Przyznaję, że szef zajmuje się pracą przedsiębiorczą".
« Mais il est facile de se tromper dans ses jugements. »
„Jednak jego osądy łatwo mogą zostać zwiedzione".
« Et ces petites erreurs de jugement peuvent nous être
préjudiciables. »
„A te drobne pomyłki mogą okazać się dla nas niekorzystne".
«Vous savez combien il est facile de parler du voyageur.»
„Wiesz, jak łatwo jest mówić o podróżniku."
« Il n'est pas là pour défendre sa réputation contre les
rumeurs. »

„Nie jest tam po to, by bronić swojej reputacji przed plotkami".
« Ces accusations peuvent très bien n'être que des coïncidences. »
„Te oskarżenia równie dobrze mogą być po prostu zbiegiem okoliczności".
« Nombre de ces plaintes ne reposent même sur aucune vérité. »
„Wiele skarg nie ma żadnego oparcia w prawdzie".
«Il est absent du bureau pendant presque toute l'année.»
„Prawie przez cały rok go nie było w biurze".
«Quelles chances a-t-il de défendre sa propre réputation ?»
„Jakie ma szanse na obronę własnej reputacji?"
«Il n'a même pas connaissance des accusations.»
„Nie ma nawet okazji usłyszeć o oskarżeniach".
«Il découvre ce qui a été dit lorsqu'il est trop tard.»
„Dowiaduje się, co zostało powiedziane, gdy jest już za późno".
« À ce stade, il est épuisé par le voyage de la journée. »
„W tym momencie jest już wyczerpany po całodziennej podróży".
« Il devra de toute façon en subir les terribles conséquences. »
„Tak czy inaczej będzie musiał doświadczyć strasznych konsekwencji".
« Même s'il n'a aucun moyen de comprendre le problème. »
„Chociaż nie ma sposobu, aby zrozumieć problem".
« Oh, manager, ne partez pas sans me dire un mot. »
„Och, menadżerze, nie odchodź, nie mówiąc mi ani słowa."
«Dites-moi au moins que vous êtes d'accord avec moi en partie.»
„Powiedz mi przynajmniej, że częściowo się ze mną zgadzasz."
Mais le directeur s'était détourné de Gregor bien plus tôt.
Ale kierownik odwrócił się od Gregora dużo wcześniej.
Son épaule tressaillit lorsqu'il se retourna vers Gregor.
Jego ramię drgnęło, gdy spojrzał na Gregora.

Et il n'est pas resté immobile une seule fois pendant tout son discours.

I ani razu nie zatrzymał się podczas przemówienia.

Il se retournait vers Gregor, les lèvres pincées.

Spojrzał na Gregora, zaciskając usta.

Il reculait progressivement vers la porte.

Stopniowo wycofywał się w kierunku drzwi.

Mais il ne pouvait pas non plus détacher son regard de Gregor.

Ale nie mógł też oderwać oczu od Gregora.

Il avait l'impression qu'il lui était secrètement interdit de quitter la pièce.

Miał wrażenie, że obowiązuje jakiś sekretny zakaz opuszczania pokoju.

Mais à ce stade, il se trouvait déjà dans le hall d'entrée.

Ale na tym etapie był już w holu wejściowym.

Et soudain, il fit un mouvement vers la sortie.

I teraz wykonał gwałtowny ruch w stronę wyjścia.

Il tendit la main droite vers les escaliers.

Wyciągnął prawą rękę w stronę schodów.

Peut-être qu'une force surnaturelle attendait pour le sauver.

Być może jakaś nadprzyrodzona siła czekała, żeby go uratować.

Gregor savait qu'il ne pouvait pas le laisser partir comme ça.

Gregor wiedział, że nie może pozwolić mu odejść w ten sposób.

Le manager ne doit pas revenir dans le même état d'esprit qu'avant.

Kierownik nie może wrócić w takim nastroju, w jakim był.

La sécurité de l'emploi de Gregor était fortement menacée.

Bezpieczeństwo pracy Gregora było bardzo zagrożone.

Les parents ne comprenaient pas tout cela.

Rodzice nie mogli w pełni tego wszystkiego zrozumieć.

Au fil des ans, ils s'étaient habitués à sa sécurité d'emploi.

Z biegiem lat przyzwyczaili się do bezpieczeństwa jego pracy.

Et ils étaient convaincus qu'il avait ce poste à vie.

I byli przekonani, że ma tę pracę na całe życie.

Au lieu de cela, ils s'étaient préoccupés d'autres soucis.
Zamiast tego zajęli się innymi zmartwieniami.
Mais ces préoccupations leur ont fait perdre toute prévoyance.
Ale obawy te sprawiły, że stracili wszelką przewidywalność.
Gregor, cependant, n'avait pas perdu la clairvoyance de ses parents.
Gregor jednak nie stracił rodzicielskiej przezorności.
Il a fallu que quelqu'un arrête le représentant autorisé.
Ktoś musiał zatrzymać upoważnionego przedstawiciela.
Il allait devoir le calmer et le convaincre.
Musiał go uspokoić i przekonać.
L'avenir de Gregor et de sa famille en dépendait !
Od tego zależała przyszłość Gregora i jego rodziny!
Si seulement sa sœur intelligente avait été là pour l'aider.
Gdyby tylko ta inteligentna siostra była tu, żeby pomóc.
Elle avait déjà pleuré alors que Gregor était encore dans sa chambre.
Płakała już, gdy Gregor był jeszcze w swoim pokoju.
À ce moment-là, il était simplement allongé tranquillement sur le dos.
W tym momencie po prostu leżał spokojnie na plecach.
Elle connaissait déjà l'importance de la situation à ce moment-là.
Już wtedy zdawała sobie sprawę z powagi sytuacji.
Le directeur était connu pour avoir un faible pour les femmes.
Menedżer był znany z tego, że miał słabość do kobiet.
Elle aurait facilement pu le persuader de rester plus longtemps.
Mogła go z łatwością namówić, żeby został dłużej.
Elle aurait fermé la porte et l'aurait fait rentrer.
Zamknęłaby drzwi i pozwoliła mu wrócić do środka.
Mais malheureusement, sa sœur était partie chercher un médecin.
Ale niestety siostra poszła po lekarza.

Gregor n'avait donc pas d'autre choix que de le faire lui-même.

Gregor nie miał więc innego wyboru, jak tylko to zrobić samemu.

Il n'avait pas réfléchi à quelles étaient réellement ses capacités.

Nie zastanowił się nad tym, jakie są jego prawdziwe zdolności.

Et il avait oublié de se méfier de sa capacité à parler.

I zapomniał, że nie powinien ufać swojej zdolności mówienia.

Mais il a néanmoins quitté la sécurité de sa chambre.

Mimo wszystko opuścił bezpieczeństwo swojego pokoju.

Et il se faufila par l'ouverture de la pièce.

I przepchnął się przez otwór w pokoju.

Le directeur était déjà en train de descendre les escaliers.

Kierownik już schodził po schodach.

Mais il s'accrochait à la rambarde à deux mains.

Ale on trzymał się poręczy obiema rękami.

Gregor tomba en se poussant à travers la porte.

Gregor upadł, gdy przepychał się przez drzwi.

Il laissa échapper un petit cri en cherchant un appui.

Wydał z siebie cichy krzyk i chwycił się czegoś, co miało pomóc mu w podtrzymaniu się.

Mais au lieu de paniquer, il a ressenti un bien-être physique.

Jednak zamiast paniki czuł fizyczne dobre samopoczucie.

Pour la première fois ce matin-là, quelque chose semblait juste.

Po raz pierwszy tego ranka poczułam, że coś jest na rzeczy.

Il avait désormais toutes les jambes bien ancrées au sol.

Teraz wszystkie jego nogi miały pod sobą stały grunt.

Il était surpris de constater à quel point il contrôlait bien ses jambes.

Zdziwił się, jak dobrze potrafił kontrolować swoje nogi.

Il était heureux de constater que ses jambes lui obéissaient parfaitement.

Z radością zauważył, że nogi całkowicie mu posłuszne.

En réalité, ses jambes le portaient partout où il le voulait.

W rzeczywistości jego nogi same go niosły, dokądkolwiek chciał.

Bientôt, tous ses chagrins allaient prendre fin.

Wkrótce wszystkie jego smutki miały się skończyć.

Mais au même moment, sa propre mère se leva d'un bond.

Ale w tej samej chwili jego własna matka zerwała się na równe nogi.

Ses bras étaient tendus et ses doigts écartés.

Jej ramiona były wyciągnięte, a palce rozwarte.

Et elle s'est écriée : « Au secours ! Au nom de Dieu, que quelqu'un m'aide ! »

I krzyknęła: „Ratunku! Na miłość boską, niech ktoś pomoże!"

Elle inclina la tête ; elle voulait mieux voir Gregor.

Przechyliła głowę, chciała lepiej widzieć Gregora.

Mais contrairement à sa première action, elle est revenue en courant.

Jednak w odpowiedzi na pierwszą akcję pobiegła z powrotem.

Elle avait oublié que la table était mise derrière elle.

Zapomniała, że za nią stał stół.

Tout ce qui était prévu pour le petit-déjeuner était encore sur la table.

Wszystkie rzeczy potrzebne na śniadanie nadal były na stole.

Elle s'assit précipitamment sur la table, comme distraite.

Szybko usiadła na stole, jakby czymś roztargniona.

Et elle n'a pas semblé remarquer le café renversé.

I zdawała się nie zauważać rozlanej kawy.

Le café était maintenant en train d'imbiber la moquette.

Kawa wsiąkała w dywan.

« Maman, maman », dit doucement Gregor en levant les yeux vers elle.

„Mamo, mamo" – powiedział Gregor cicho, patrząc na nią.

Pour le moment, le manager ne lui importait pas.

W tej chwili menadżer nie był dla niego najważniejszy.

Mais il y avait aussi le café qui coulait sur la moquette.

Ale była też kawa kapiąca na dywan.

Gregor n'a pas pu s'empêcher de claquer des dents devant le café.

Gregor nie mógł się powstrzymać od kłapnięcia szczęką po łyku kawy.

La mère se remit à pleurer à cause de son comportement.

Matka znowu zaczęła płakać z powodu jego zachowania.

Elle a sauté de la table pour prendre ses distances avec lui.

Zeskoczyła ze stołu, żeby oddalić się od niego.

Et elle s'est réfugiée dans les bras de son père.

I pobiegła w ramiona ojca, szukając bezpieczeństwa.

Mais Gregor n'avait plus de temps à consacrer à ses parents.

Ale Gregor nie mógł już poświęcać rodzicom czasu.

L'agent habilité se trouvait déjà dans l'escalier.

Upoważniony funkcjonariusz był już na schodach.

Il avait le menton appuyé sur la rambarde, pour regarder à l'intérieur de la maison.

Oparł brodę o balustradę, żeby zajrzeć do domu.

Apparemment, il voulait jeter un dernier coup d'œil au spectacle.

Najwyraźniej chciał po raz ostatni spojrzeć na to widowisko.

Et Gregor fit un dernier effort pour joindre le directeur.

Gregor podjął ostatnią próbę skontaktowania się z kierownikiem.

Il courut vers la porte aussi prudemment qu'il le put.

Pobiegł w stronę drzwi tak bezpiecznie, jak tylko potrafił.

Mais le chef de bureau devait se douter de quelque chose.

Ale starszy urzędnik musiał coś podejrzewać.

Parce qu'il a descendu quelques marches et a disparu.

Ponieważ zeskoczył kilka schodów i zniknął.

« Hein ! » s'écria Gregor, sa voix résonnant dans la cage d'escalier.

"Hę!" krzyknął Gregor, odbijając się echem po klatce schodowej.

La fuite du manager sembla également déconcerter son père.

Ucieczka menedżera najwyraźniej zdezorientowała także jego ojca.

Jusque-là, il était parvenu à garder son calme.

Do tej pory udawało mu się zachować spokój.

Mais malheureusement, lui aussi a perdu le sang-froid qu'il avait eu.
Ale niestety i on stracił opanowanie, które miał.
Il aurait dû aider Gregor dans sa quête.
Powinien był pomóc Gregorowi w jego dążeniu.
Mais, d'une main, il saisit la canne du directeur.
Jednak jedną ręką chwycił laskę menedżera.
Et dans l'autre main, il tenait maintenant un journal.
A w drugiej ręce trzymał teraz gazetę.
Et il entravait désormais directement Gregor dans sa poursuite.
I teraz wprost przeszkodził Gregorowi w jego dążeniu.
Il s'était placé entre Gregor et la rue.
Ustawił się między Gregorem a ulicą.
Il tapa du pied et agita le bâton et le journal.
Tupał nogami, machał kijem i gazetą.
Et il forçait activement Gregor à retourner dans sa chambre.
I aktywnie zmuszał Gregora, żeby wrócił do swojego pokoju.
Aucune des demandes formulées par Gregor n'a été utile.
Żadna z próśb Gregora nie okazała się pomocna.
Parce qu'aucune de ses demandes n'a été comprise.
Ponieważ żadna z jego próśb nie została zrozumiana.
Il tourna la tête vers un angle plus profond et plus humble.
Obrócił głowę pod głębszym, skromniejszym kątem.
Mais son père répondit en tapant du pied encore plus fort.
Ale jego ojciec odpowiedział, tupiąc nogami jeszcze mocniej.
La mère ouvrit une fenêtre, malgré la fraîcheur ambiante.
Matka otworzyła okno, mimo że było chłodno.
Et elle enfouit son visage dans ses mains froides.
I przycisnęła twarz do dłoni, by odetchnąć z zimna.
Le vent pouvait désormais traverser tout l'appartement.
Wiatr mógł teraz przejść przez całe mieszkanie.
Un fort courant d'air soufflait de l'escalier vers la ruelle.
Od strony schodów w stronę zaułka wiał silny przeciąg.
Les rideaux claquaient sous l'effet du vent violent.
Zasłony łopotały na silnym wietrze.
Et le journal posé sur la table bruissait dans le vent.

A gazeta na stole szeleściła na wietrze.
Même des feuilles ont été soufflées à l'intérieur de la maison depuis l'extérieur.
Nawet niektóre liście zostały wniesione do domu z zewnątrz.
Le père tapa du pied et poussa sans relâche.
Ojciec tupał nogami i parł bezlitośnie.
Et il sifflait et émettait des bruits comme un homme sauvage.
I syczał i wydawał odgłosy, jakie mógłby wydawać dzikus.
Mais Gregor ne s'était pas encore entraîné à marcher à reculons.
Ale Gregor nie ćwiczył jeszcze chodzenia tyłem.
Même Gregor admettrait que ce mouvement était beaucoup plus lent.
Nawet Gregor przyznałby, że ten ruch był znacznie wolniejszy.
Tout ce qu'il souhaitait, c'était avoir la possibilité de faire demi-tour.
Jednak wszystko, czego chciał, to możliwość zawrócenia.
Il serait alors allé directement dans sa chambre.
Wtedy poszedłby od razu do swojego pokoju.
Mais il avait trop peur d'impatienter son père.
Ale bał się, że ojciec straci cierpliwość.
Et il y avait la menace d'un coup de bâton.
I była groźba uderzenia kijem.
Un tel coup à l'arrière de la tête pourrait être fatal.
Takie uderzenie w tył głowy może być śmiertelne.
Mais finalement, Gregor n'avait pas d'autre choix.
Ale ostatecznie Gregor nie miał innego wyboru.
Il s'est rendu compte qu'il ne pouvait même plus marcher droit à reculons.
Zdał sobie sprawę, że nie potrafi nawet chodzić tyłem prosto.
Il commença à se retourner aussi vite qu'il le put.
Zaczął się odwracać tak szybko, jak tylko mógł.
Mais en réalité, ce mouvement de rotation était tout aussi lent.
Ale w rzeczywistości ten ruch obrotowy był równie powolny.

Et il fut suivi des regards anxieux du père.

A za nim podążały zaniepokojone spojrzenia ojca.

Peut-être le père avait-il remarqué les bonnes intentions de Gregor.

Być może ojciec dostrzegł dobre intencje Gregora.

Parce qu'il ne l'a pas empêché de se retourner.

Ponieważ nie przeszkodził mu się odwrócić.

Il a même utilisé le bout de son bâton pour guider la rotation.

Użył nawet czubka kija, aby nadać rotacji kierunek.

Mais Gregor aurait préféré que son père ne lui ait pas sifflé dessus !

Ale Gregor nadal żałował, że ojciec na niego syknął!

Le sifflement ne fit qu'ajouter à la confusion du moment.

Syczenie tylko potęgowało zamieszanie.

Puis il a commis une erreur et a tourné dans la mauvaise direction.

A potem popełnił błąd i skręcił w złą stronę.

Finalement, il a réussi à se tourner dans la bonne direction.

W końcu udało mu się stanąć na właściwej drodze.

Et il était satisfait des progrès qu'il avait accomplis.

I był zadowolony z postępów, jakie poczynił.

Mais un autre problème est alors devenu encore plus évident.

Ale potem pojawił się kolejny problem, który stał się jeszcze bardziej widoczny.

Son corps était trop large pour passer facilement la porte.

Jego ciało było zbyt szerokie, aby łatwo przejść przez drzwi.

Dans son état actuel, le père ne s'en est pas aperçu.

W obecnym stanie ojciec tego nie zauważył.

Il ne lui vint donc pas à l'esprit d'ouvrir davantage la porte.

Więc nie przyszło mu do głowy, żeby otworzyć drzwi szerzej.

Il y aurait alors eu suffisamment de place pour Gregor.

Wtedy byłoby wystarczająco dużo miejsca dla Gregora.

Sa seule priorité était de faire entrer Gregor dans sa chambre.

Jego jedynym priorytetem było zapewnienie Gregorowi miejsca w pokoju.

Il aurait dû se lever pour passer la porte.

Musiałby stać, żeby przejść przez drzwi.

Mais le père n'aurait pas permis une telle manœuvre.

Ale ojciec nie pozwoliłby na taki manewr.

En fait, il le sifflait encore plus sauvagement qu'avant.

Właściwie syczał na niego jeszcze dziko niż wcześniej.

On aurait dit qu'il y avait plus d'un homme qui lui sifflait dessus.

Brzmiało to tak, jakby syczało na niego więcej niż jeden mężczyzna.

Ses revendications semblaient revêtir une nouvelle urgence.

Wydawało się, że jego żądania nabrały nowej pilności.

Il n'y avait vraiment plus de temps à perdre.

Naprawdę nie było już czasu na żadne wygłupy.

Quoi qu'il arrive, Gregor devait franchir la porte.

Cokolwiek się wydarzyło, Gregor musiał przejść przez drzwi.

Il s'est imposé sans aucun égard pour lui-même.

Przeszedł przez to wszystko bez żadnego szacunku do siebie.

Un côté de son corps fut projeté vers le haut par le mouvement.

Ruch ten wymusił uniesienie jednej strony jego ciała.

Et il était allongé de travers, maladroitement, dans l'embrasure de la porte.

A on leżał niezgrabnie i krzywo pomiędzy drzwiami.

Un de ses flancs était à vif à cause du frottement contre le bois.

Jeden z jego boków był obtarty do żywego o drewno.

Et il avait laissé des taches disgracieuses sur la porte peinte en blanc.

A na pomalowanych na biało drzwiach zostawił brzydkie plamy.

Les jambes d'un de ses côtés pendaient en tremblant dans le vide.

Nogi po jednej stronie drżały i zawisały w powietrzu.

Ses autres jambes étaient douloureusement enfoncées dans le sol.

Pozostałe nogi boleśnie wciskał w podłogę.

Bientôt, il allait se retrouver complètement coincé entre la porte et le mur.

Już za chwilę miał zostać całkowicie uwięziony w drzwiach.

Et alors, il n'aurait plus pu bouger du tout.

A wtedy nie mógłby się w ogóle ruszyć.

Mais le père lui a donné une forte impulsion véritablement libératrice.

Ale ojciec dał mu naprawdę wyzwalającego, silnego kopa.

Et il tomba, ensanglanté, loin dans sa chambre.

I upadł, mocno krwawiąc, głęboko w głąb swojego pokoju.

Le père claqua la porte derrière lui avec sa canne.

Ojciec zatrzasnął za sobą drzwi laską.

Et puis, enfin, le calme et la tranquillité revinrent.

I w końcu znów zapanował spokój i cisza.

Deuxième partie
Część druga

Gregor ne s'est réveillé que bien plus tard dans la journée.
Gregor obudził się dopiero o wiele później.
Le crépuscule était tombé ; il avait dormi profondément, inconsciemment.
Zapadł zmrok. Spał ciężko i nieprzytomnie.
Il se serait réveillé même sans avoir été dérangé.
Obudziłby się nawet gdyby nikt mu nie przeszkadzał.
Parce qu'il se sentait suffisamment reposé et avait bien dormi.
Ponieważ czuł się dostatecznie wypoczęty i dobrze wyspany.
Mais il crut entendre quelques pas furtifs à l'extérieur.
Ale zdawało mu się, że słyszy jakieś ulotne kroki na zewnątrz.
Et quelqu'un aurait pu refermer soigneusement la porte d'entrée.
A ktoś mógł ostrożnie zamknąć drzwi wejściowe.
La lumière du tramway électrique se projetait faiblement au plafond.
Światło tramwaju elektrycznego padało blade na sufit.
Le dessus du meuble a également reçu un peu de lumière.
Górna część mebli również otrzymała odrobinę światła.
Mais en bas, au niveau de Gregor, il faisait sombre.
Ale na dole, na poziomie Gregora, było ciemno.
Ses jambes le poussèrent lentement de nouveau vers la porte.
Jego nogi powoli popychały go z powrotem w stronę drzwi.
Il était très curieux de voir ce qui s'était passé là-bas.
Był bardzo ciekaw, co się tam wydarzyło.
Mais le contrôle de ses antennes n'était pas encore développé.
Jednak jego kontrola nad czułkami nie była jeszcze w pełni rozwinięta.
Bien qu'il ait commencé à apprécier ces nouveaux capteurs.
Chociaż zaczął doceniać te nowe czujniki.

Une longue et disgracieuse cicatrice semblait lui barrer le flanc gauche.

Długa, nieprzyjemna blizna zdawała się biec wzdłuż jego lewej strony.

La cicatrice lui donnait l'impression de contracter ce côté de son corps.

Blizna sprawiała wrażenie, jakby napinała tę stronę jego ciała.

Il devait donc littéralement boiter en s'appuyant sur ses deux rangées de pattes.

Musiał więc dosłownie utykać na dwa rzędy nóg.

L'une de ses jambes avait été grièvement blessée ce matin-là.

Tego ranka doznał poważnego urazu jednej z jego nóg.

C'était vraiment un miracle qu'il ne se soit pas cassé plus de jambes.

To naprawdę cud, że nie złamał więcej nóg.

Et il traîna donc sa jambe blessée, inerte, derrière lui.

I tak ciągnął za sobą bezwładnie zranioną nogę.

Lorsqu'il atteignit la porte, il réalisa quelque chose de profond.

Gdy dotarł do drzwi, uświadomił sobie coś głębokiego.

C'était l'odeur de quelque chose qui l'avait attiré là.

To był zapach czegoś, co go tam zwabiło.

Quelque chose de comestible avait été laissé pour Gregor dans sa chambre.

W pokoju Gregora zostawiono coś jadalnego.

Des morceaux de pain blanc flottant dans un bol de lait sucré.

Kawałki białego chleba pływające w misce ze słodkim mlekiem.

Il pouvait à peine contenir la joie qui l'habitait.

Ledwo mógł powstrzymać radość, która go ogarnęła.

Il avait encore plus faim maintenant que le matin.

Teraz był jeszcze bardziej głodny niż rano.

Il plongea aussitôt la tête dans le bol de lait.

Natychmiast zanurzył głowę w misce z mlekiem.

Le lait lui recouvrait presque toute la tête, jusqu'aux yeux.

Mleko wylewało się niemal z całej jego głowy, aż po oczy.

Mais il a rapidement retiré sa tête, amèrement déçu.
Jednak wkrótce odchylił głowę, bardzo rozczarowany.
L'alimentation était difficile en raison de la fragilité de son côté gauche.
Jedzenie było trudne ze względu na delikatną lewą stronę ciała.
Et il ne pouvait manger qu'en haletant de tout son corps.
A jeść mógł tylko dysząc całym ciałem.
Mais ce n'était pas la véritable raison de sa déception.
Ale to nie był prawdziwy powód jego rozczarowania.
Le lait avait toujours été l'un de ses plats préférés.
Mleko zawsze było jego ulubioną potrawą.
Il ne doutait pas que sa sœur s'en souvenait.
Nie miał wątpliwości, że jego siostra o tym pamiętała.
Et c'est pour cela qu'elle lui avait donné du lait.
I dlatego dała mu mleko.
Il n'a pas su expliquer pourquoi il n'aimait plus le lait.
Nie potrafił wyjaśnić, dlaczego teraz nie lubi mleka.
Et il se détourna du bol presque à contrecœur.
I odwrócił się od miski niemal niechętnie.
Déçu, il retourna en rampant au milieu de la pièce.
Zawiedziony, wrócił na środek pokoju.
De là, il pouvait voir à travers la fente de la porte.
Tutaj mógł widzieć przez szczelinę w drzwiach.
Il pouvait voir que le feu était allumé dans le salon.
Widział, że w salonie płonie ogień.
Habituellement, à cette heure-ci, le père lisait le journal.
Zazwyczaj o tej porze ojciec czytał gazetę.
Il avait toujours l'habitude de lire à sa mère à voix haute.
Zawsze czytał matce podniesionym głosem.
Parfois, la sœur écoutait aussi les conversations du père.
Czasami siostra także podsłuchiwała ojca.
Elle avait toujours parlé à Gregor de ces lectures à voix haute.
Zawsze opowiadała Gregorowi o tym czytaniu na głos.
Mais aujourd'hui, aucun son ne provenait de la pièce.
Ale dziś z pokoju nie dochodził żaden dźwięk.

Peut-être cette habitude s'était-elle déjà perdue.

Być może ten zwyczaj już dawno wyszedł z użycia.

Un silence profond s'était installé dans tout l'appartement.

W całym mieszkaniu zapadła głęboka cisza.

Bien qu'il sût que l'appartement n'était certainement pas vide.

Choć wiedział, że mieszkanie na pewno nie jest puste.

« Quelle vie tranquille mène cette famille », pensa Gregor.

„Jakie spokojne życie wiedzie ta rodzina" – pomyślał Gregor.

Et il fixa l'obscurité avec une grande fierté.

I z wielką dumą wpatrywał się w ciemność.

Il était fier de la vie qu'il avait pu leur offrir.

Był dumny z życia, jakie mógł im dać.

Il était fier du bel appartement qu'ils occupaient.

Był dumny z pięknego mieszkania, w którym mieszkali.

Mais cette paix était-elle sur le point de connaître une fin tragique ?

Czy jednak cały ten pokój miał się wkrótce skończyć w tak straszny sposób?

Allait-on leur ravir leur prospérité ?

Czy ich dobrobyt zostanie im odebrany?

Leur bonheur était-il désormais incertain pour l'avenir ?

Czy ich zadowolenie było teraz niepewne w przyszłości?

Mais il ne voulait pas se perdre dans de telles pensées.

Ale nie chciał pogrążać się w takich myślach.

Pour s'occuper, il grimpait et descendait les murs.

Aby się czymś zająć, wspinał się i schodził po ścianach.

Durant cette longue soirée, une porte était entrouverte.

Podczas długiego wieczoru jedne drzwi były lekko uchylone.

Et à un autre moment, l'autre porte s'ouvrit légèrement.

A innym razem drugie drzwi lekko się uchyliły.

Mais à chaque fois, les portes se sont refermées aussitôt.

Ale w obu przypadkach drzwi szybko się zamykały.

De toute évidence, quelqu'un à l'extérieur souhaitait entrer.

Najwyraźniej ktoś z zewnątrz miał ochotę wejść do środka.

Mais ils avaient aussi trop d'inquiétudes à l'idée de venir.

Ale mieli też zbyt wiele obaw związanych z przyjazdem.

Gregor s'arrêta alors net devant la porte du salon.
Gregor zatrzymał się tuż przed drzwiami salonu.
Il était déterminé à trouver un moyen de tenter le visiteur hésitant.
Postanowił w jakiś sposób skusić wahającego się gościa.
Il voulait aussi savoir qui était le visiteur.
Chciał też wiedzieć, kim był ten gość.
Mais ce soir-là, la porte ne fut pas ouverte une troisième fois.
Ale tego wieczoru drzwi nie zostały otwarte po raz trzeci.
Et Gregor passa son temps à attendre en vain près de la porte.
A Gregor czekał przy drzwiach na próżno.
Plus tôt dans la journée, ils avaient tous voulu entrer dans la pièce.
Wcześniej tego dnia wszyscy chcieli wejść do pokoju.
Maintenant que les portes étaient déverrouillées, ce serait plus facile pour eux.
Teraz, gdy drzwi były otwarte, było im łatwiej.
Mais ils ont choisi de rester de l'autre côté de la pièce.
Jednak oni woleli pozostać po drugiej stronie pokoju.
Gregor remarqua que les clés n'étaient plus dans leurs serrures.
Gregor zauważył, że w zamkach nie ma już kluczy.
Quelqu'un a dû déplacer les clés vers la serrure extérieure.
Ktoś musiał przełożyć klucze do zewnętrznego zamka.
Ce n'est que tard dans la nuit que la lumière du salon était éteinte.
Światło w salonie wyłączano dopiero późnym wieczorem.
La famille a dû rester éveillée tout ce temps.
Rodzina musiała nie spać przez cały czas.
Et Gregor pouvait clairement les entendre s'éloigner sur la pointe des pieds.
Gregor wyraźnie słyszał, jak odchodzą na palcach.
Désormais, personne n'allait venir voir Gregor avant le lendemain matin.
Teraz nikt nie przyjdzie do Gregora aż do rana.

Il eut donc tout le temps d'être seul, de réfléchir en toute tranquillité.

Dzięki temu miał dużo czasu dla siebie, by spokojnie pomyśleć.

Quelle serait la meilleure façon de réorganiser sa vie maintenant ?

Jaki byłby teraz najlepszy sposób na reorganizację jego życia?

Mais les hauts murs de la pièce vide l'effrayaient.

Ale wysokie ściany pustego pokoju go przestraszyły.

Il n'avait pas d'autre choix que de s'allonger à plat ventre sur le sol.

Nie miał innego wyboru, jak położyć się płasko na ziemi.

Et il n'a jamais trouvé la cause de sa peur dans cet espace.

I nigdy nie dostrzegł w tej przestrzeni przyczyny swojego strachu.

C'était la même pièce où il avait vécu pendant cinq ans.

To był ten sam pokój, w którym mieszkał przez pięć lat.

Semi-consciemment, il fit un mouvement vers le canapé.

Półświadomie wykonał ruch w kierunku sofy.

Et sans aucune honte, il se cacha sous le canapé.

I bez cienia wstydu schował się pod kanapą.

Là-bas, il se sentit immédiatement de nouveau très à l'aise.

Tam na dole od razu poczuł się znowu bardzo komfortowo.

Bien que son dos soit un peu comprimé.

Mimo że jego plecy były lekko przyciśnięte.

Il ne pouvait plus non plus lever la tête sous le canapé.

Nie mógł już podnieść głowy pod sofą.

Mais même cela, il préférait éviter de se trouver dans un espace ouvert.

Ale nawet to wolał od przebywania na otwartej przestrzeni.

Il regrettait toutefois que son corps soit si large.

Żałował jednak, że jego ciało jest tak szerokie.

Le canapé ne pouvait pas recouvrir entièrement son corps.

Sofa nie mogła całkowicie zakryć całego jego ciała.

Il est resté sous le canapé toute la nuit.

Całą noc przesiedział pod sofą.

Il passa la nuit à moitié endormi, troublé par sa faim.

Noc spędził na wpół śpiąc, niespokojny z powodu głodu.
**Et le temps qu'il passait éveillé, il le consacrait soit à
s'inquiéter, soit à espérer.**
A czas, gdy nie spał, spędzał albo na martwieniu się, albo na
nadziei.
**Mais tous ses vagues espoirs menaient à la même
conclusion.**
Ale wszystkie jego niejasne nadzieje doprowadziły go do tego
samego wniosku.
**Il n'avait d'autre choix que de rester silencieux pour le
moment.**
Nie miał innego wyboru, jak na razie zachować milczenie.
**Il devait faire preuve de patience et de considération envers
la famille.**
Musiał wykazać się cierpliwością i troską o rodzinę.
C'était le seul moyen de rendre ce désagrément supportable.
Był to jedyny sposób, aby uczynić niedogodności znośnymi.
Le désagrément qu'il imposait désormais à la famille.
Niedogodności, jakie teraz sprawiał rodzinie.
**Il n'a pas eu à attendre longtemps pour prouver sa
compassion.**
Nie musiał długo czekać, by okazać swoje współczucie.
Tôt le matin, sa sœur jeta un coup d'œil dans sa chambre.
Wczesnym rankiem siostra zajrzała do jego pokoju.
En réalité, c'était autant la nuit que le matin.
Chociaż tak naprawdę była to zarówno noc, jak i poranek.
**Elle était entièrement habillée et semblait éprouver de
l'excitation.**
Była całkowicie ubrana i wydawała się być podekscytowana.
**La solidité de sa décision nouvellement prise pourrait être
mise à l'épreuve.**
Trafność jego nowej decyzji mogła zostać wystawiona na
próbę.
Elle ne l'a pas immédiatement repéré au premier coup d'œil.
Nie od razu go zauważyła, gdy spojrzała na niego pierwszy
raz.

Il devait forcément être quelque part ; il n'aurait pas pu s'envoler.

Musiał gdzieś być, nie mógł odlecieć.

Puis son regard parcourut une seconde fois la pièce.

Ale potem jej wzrok ponownie omiótł pokój.

Et cette fois, elle a aperçu son torse sous le canapé.

Tym razem dostrzegła jego tors pod sofą.

Elle était si effrayée qu'elle a perdu tout contrôle d'elle-même.

Była tak przestraszona, że straciła wszelką kontrolę nad sobą.

Et sa première réaction fut de claquer la porte à nouveau.

A jej pierwszą reakcją było ponowne zatrzaśnięcie drzwi.

Mais elle a aussi semblé immédiatement regretter son comportement.

Ale potem zdała sobie sprawę, że natychmiast pożałowała swojego zachowania.

Aussitôt qu'elle eut claqué la porte, elle la rouvrit.

Zatrzasnęła drzwi i natychmiast je otworzyła.

Et cette fois, elle entra dans la pièce sur la pointe des pieds.

Tym razem ostrożnie, na palcach, weszła do pokoju.

Elle se déplaçait comme si elle rendait visite à une personne gravement malade.

Poruszała się tak, jakby odwiedzała ciężko chorą osobę.

Ou bien elle rendait visite à un parfait inconnu.

Albo mogła odwiedzić zupełnie obcą osobę.

Gregor poussa sa tête presque jusqu'au bord du canapé.

Gregor dosunął głowę niemal do krawędzi sofy.

Et, caché sous le coffre-fort, il l'observait dans la pièce.

A spod sejfu obserwował ją w pokoju.

Allait-elle remarquer qu'il avait oublié le lait ?

Czy zauważy, że zostawił mleko?

Il n'avait pas laissé le lait par manque de faim.

Nie zostawił mleka, bo nie był głodny.

Allait-elle lui apporter un autre plat ?

Czy zamiast tego miała mu przynieść inne jedzenie?

Peut-être un plat qui corresponde mieux à ses goûts.

Być może danie bardziej odpowiadało jego preferencjom.

Mais elle aurait dû remarquer elle-même son appétit.
Ale musiałaby sama zauważyć jego apetyt.
Il aurait préféré mourir de faim plutôt que de lui en parler.
Wolałby umrzeć z głodu, niż ją o tym powiadomić.
En réalité, il aurait beaucoup aimé le lui dire.
Tak naprawdę, bardzo chciałby jej to powiedzieć.
Il était vraiment tenté de tirer sur lui depuis sous le canapé.
Naprawdę miał ochotę wyskoczyć spod kanapy.
Il avait envie de se jeter aux pieds de sa sœur.
Chciał rzucić się do stóp swojej siostry.
Et il voulait lui demander quelque chose de bon à manger.
I chciał ją poprosić o coś dobrego do jedzenia.
Mais la sœur regarda alors le bol de lait.
Ale wtedy siostra spojrzała w stronę miski z mlekiem.
Elle remarqua aussitôt que le bol était encore plein.
Od razu zauważyła, że miska jest nadal pełna.
Elle était plutôt surprise que Gregor n'ait rien mangé.
Była raczej zaskoczona, że Gregor nic nie jadł.
Seul un peu de lait avait été renversé sur le sol.
Na podłodze rozlało się tylko trochę mleka.
Elle a aussitôt ramassé le bol et l'a emporté.
Natychmiast wzięła miskę i wyniosła ją.
Il vit qu'elle ne ramassait pas le bol à mains nues.
Zauważył, że nie podniosła miski gołymi rękami.
Au lieu de cela, elle ramassa le bol à l'aide d'un des chiffons.
Zamiast tego podniosła miskę za pomocą jednej ze szmat.
Mais Gregor oublia très vite ce petit détail.
Ale Gregor bardzo szybko zapomniał o tym drobnym
szczególe.
**Il était désormais beaucoup plus enthousiaste à propos
d'autre chose.**
Teraz był o wiele bardziej podekscytowany czymś innym.
Qu'est-ce qu'elle pourrait apporter à la place du lait ?
Co mogłaby przynieść w zamian za mleko?
Il avait diverses idées sur ce qu'elle pourrait apporter.
Miał różne przemyślenia na temat tego, co mogłaby przynieść.
Mais la gentillesse de sa sœur a dépassé ses espérances.

Jednak dobroć jego siostry przewyższyła jego oczekiwania.

Elle comprit qu'elle devait tester ses nouveaux goûts.

Zdała sobie sprawę, że musi sprawdzić, jakie są jego nowe gusta.

Elle a donc apporté toute une sélection de plats différents.

Przyniosła więc cały wybór różnego rodzaju jedzenia.

Légumes à moitié pourris, os du repas du soir.

Półzgniłe warzywa, kości z kolacji.

De la sauce solidifiée provenant de leur autre repas.

Stężały sos pozostały po zjedzeniu poprzedniego posiłku.

Quelques raisins secs, des amandes, du pain sec, du pain beurré.

Kilka rodzynek, trochę migdałów, suchy chleb, chleb maślany.

Du pain beurré et salé.

Trochę chleba posmarowanego masłem i posolonego.

Du fromage que Gregor avait déclaré immangeable il y a deux jours.

Ser, który Gregor dwa dni temu uznał za niejadalny.

Toute cette sélection de nourriture était disposée sur un journal.

Wszystkie te produkty spożywcze umieszczono na gazecie.

Elle a également placé un bol d'eau à côté de ses repas.

Obok posiłków stawiała miskę z wodą.

Elle savait que Gregor n'aurait pas mangé devant elle.

Wiedziała, że Gregor nie jadłby w jej obecności.

Par respect pour lui, elle quitta de nouveau la pièce.

Więc z szacunku dla niego ponownie opuściła pokój.

Et elle a même tourné la clé dans la serrure en partant.

I wychodząc, przekręciła klucz w zamku.

Mais elle tourna la clé très doucement et avec précaution.

Jednak przekręciła klucz bardzo cicho i ostrożnie.

De cette façon, seul Gregor saurait que la porte était verrouillée.

W ten sposób tylko Gregor wiedziałby, że drzwi są zamknięte.

Il pouvait désormais s'installer aussi confortablement qu'il le souhaitait.

Teraz mógł sobie pozwolić na taki komfort, jaki chciał.

Les jambes de Gregor s'agitaient frénétiquement à l'heure du repas.

Kiedy nadeszła pora jedzenia, Gregorowi aż wirowały nogi.

Il est à noter qu'il ne ressentait plus aucune gêne.

Warto zauważyć, że nie odczuwał już żadnego dyskomfortu.

Ses blessures doivent déjà être complètement guéries.

Jego rany musiały się już całkowicie zagoić.

Parce qu'il ne ressentait plus ses anciens handicaps.

Ponieważ nie odczuwał już swoich poprzednich niepełnosprawności.

Sa nouvelle capacité de guérison le surprit et l'émerveilla.

Jego nowa umiejętność leczenia zaskoczyła go i zdumiała.

Il y a plus d'un mois, il s'est coupé le doigt avec un couteau.

Ponad miesiąc temu przeciął sobie palec nożem.

Il y a encore deux jours, cette blessure le faisait souffrir.

Jeszcze dwa dni temu rana ta ciągle go bolała.

« Suis-je beaucoup moins sensible maintenant ? » pensa-t-il.

„Czy teraz jestem o wiele mniej wrażliwy?" – pomyślał.

À ce moment-là, il suçait déjà goulûment le fromage.

W tym momencie zaczął już łapczywie ssać ser.

Il était plus attiré par le fromage que par les autres aliments.

Bardziej pociągał go ser niż inne potrawy.

Il mangeait rapidement un morceau de fromage après l'autre.

Szybko zjadł jeden kawałek sera po drugim.

Ses yeux s'embuèrent de satisfaction à la vue de ce goût.

Jego oczy zaszły łzami z zadowolenia, gdy poczuł jego smak.

Après le fromage, il mangea les légumes et la sauce.

Po serze zjadł warzywa i sos.

Cependant, les aliments frais ne lui plaisaient pas.

Świeże jedzenie jednak mu nie smakowało.

En fait, il ne supportait même pas l'odeur des aliments frais.

Właściwie nie mógł znieść nawet zapachu świeżego jedzenia.

Il a même éloigné les autres aliments des aliments frais.

Odciągnął nawet inne jedzenie od świeżego.

Et il a très vite terminé la nourriture la plus comestible.

I bardzo szybko skończył najbardziej jadalne jedzenie.

Tous ces mets délicieux avaient un effet soporifique sur lui.
Wszystkie te pyszne potrawy działały na niego usypiająco.
Et il s'allongea paresseusement à l'endroit où il avait mangé.
I położył się leniwie w miejscu, gdzie jadł.
Finalement, sa sœur est revenue prendre de ses nouvelles.
Po pewnym czasie jego siostra wróciła, żeby go ponownie sprawdzić.
Elle a eu la prévoyance de tourner la clé très lentement.
Była na tyle przewidująca, że przekręciła klucz bardzo powoli.
Cela a averti Gregor qu'il devait se retirer.
Było to dla Gregora sygnałem, że powinien się wycofać.
Étourdi et surpris, il se précipita sous le canapé.
Oszołomiony i zaskoczony, pospiesznie schował się pod sofą.
Mais rester sous le canapé n'était pas si facile cette fois-ci.
Ale tym razem pozostanie pod sofą nie było takie łatwe.
Son corps s'était un peu arrondi à cause de toute cette nourriture.
Jego ciało zrobiło się nieco zaokrąglone od jedzenia.
Et il devait se retenir pour ne pas s'épuiser à nouveau.
I musiał się kontrolować, żeby znów nie zabrakło mu sił.
Même si la sœur n'est pas restée longtemps dans la chambre.
Choć siostra nie pozostała długo w pokoju.
Il avait du mal à respirer dans cet espace étroit.
Z trudem łapał oddech w tej wąskiej przestrzeni.
Mais il a surmonté ces petites crises d'étouffement.
Jednak udało mu się przezwyciężyć drobne ataki duszności.
Les yeux exorbités, il observait les agissements de sa sœur.
Z wytrzeszczonymi oczami obserwował poczynania siostry.
La sœur, sans se douter de rien, a tout versé dans un seau.
Niczego niepodejrzewająca siostra wylała wszystko do wiadra.
Elle s'est non seulement débarrassée de la nourriture que Gregor n'avait pas mangée, mais elle l'a fait.
Nie tylko pozbyła się jedzenia, którego Gregor nie zjadł.
Mais elle jetait aussi la nourriture qu'il n'avait pas touchée.
Ale pozbyła się również jedzenia, którego nie tknął.

Apparemment, cet aliment n'était plus comestible pour personne.

Wygląda na to, że jedzenie to nie nadawało się już do spożycia.

Elle referma ensuite le seau à nourriture avec un couvercle en bois.

Następnie zamknęła wiadro z jedzeniem drewnianą pokrywką.

Et avec la nourriture, le seau et la serpillière, elle est partie.

I zabrawszy jedzenie, wiadro i mop, odeszła.

Gregor n'aurait pas pu attendre beaucoup plus longtemps.

Gregor nie mógł czekać dłużej.

Dès qu'elle fut partie, il s'échappa de sous le canapé.

Gdy tylko odeszła, uciekł spod sofy.

Il s'étira et souffla de soulagement.

Wyciągnął się i odetchnął z ulgą.

C'est ainsi que Gregor recevait de la nourriture de temps à autre.

W ten sposób Gregor od tej pory otrzymywał jedzenie.

Sa sœur lui a donné à manger une fois, tôt le matin.

Jego siostra dała mu jedzenie pewnego razu, wcześnie rano.

À cette heure-ci, les parents et la bonne dormaient encore.

O tej porze rodzice i służąca jeszcze spali.

Et il a reçu un deuxième repas après le déjeuner de tout le monde.

A po tym, jak wszyscy zjedli obiad, otrzymał drugi posiłek.

Car à ce moment-là, les parents dormaient aussi un peu.

Ponieważ w tym czasie rodzice też jeszcze chwilę spali.

Et la servante fut envoyée par la sœur faire une course.

A służąca została wysłana przez siostrę z jakąś misją.

Ils n'avaient certainement aucune intention de laisser Gregor mourir de faim.

Z pewnością nie mieli zamiaru głodzić Gregora.

Mais ils n'auraient pas voulu le regarder manger non plus.

Ale oni też nie chcieliby oglądać, jak je.

Les informations fournies par la sœur étaient suffisantes.

Informacje podane przez siostrę były wystarczające.

C'était peut-être sa façon d'épargner aux parents leur chagrin.
Być może chciał w ten sposób oszczędzić rodzicom cierpienia.
Ils avaient déjà suffisamment souffert de ses actes.
Już i tak wystarczająco wycierpieli z powodu jego działań.

Le premier jour s'estompait peu à peu dans les mémoires.
Pierwszy dzień powoli stawał się odległym wspomnieniem.
Gregor n'avait aucun moyen de savoir ce qui s'était passé ce jour-là.
Gregor nie miał pojęcia, co wydarzyło się tego dnia.
Comment le serrurier a-t-il été conduit hors de l'appartement ?
W jaki sposób ślusarz został wyprowadzony z mieszkania?
Quelles excuses ont finalement satisfait le médecin ?
Jakie wymówki ostatecznie zadowoliły lekarza?
Il n'avait trouvé aucun moyen de se faire comprendre.
Nie znalazł sposobu, aby stać się zrozumiałym.
Il n'a même pas réussi à communiquer avec sa sœur.
Nie udało mu się nawet nawiązać kontaktu z siostrą.
Ils en conclurent donc qu'il ne pouvait pas les comprendre.
I myśleli, że ich nie rozumie.
C'est pourquoi aucun effort ne fut fait pour lui parler.
Dlatego nie podjęto żadnej próby nawiązania z nim kontaktu.
Sa sœur venait dans sa chambre tous les matins et à midi.
Jego siostra przychodziła do jego pokoju każdego ranka i lunchu.
Mais il devait se contenter d'entendre ses soupirs.
Musiał jednak zadowolić się słuchaniem jej westchnień.
Plus tard, elle s'est un peu plus habituée à la forme de Gregor.
Później przyzwyczaiła się do postaci Gregora.
Et elle se sentait un peu plus libre de faire davantage de remarques.
I poczuła, że ma odrobinę więcej swobody w wyrażaniu swoich uwag.
(Même si elle ne s'y habituerait jamais complètement.)

(Choć nigdy nie przyzwyczaiła się do niego całkowicie.)

Et puis Gregor eut de nouveau l'impression qu'on lui parlait un peu plus.

A potem Gregor poczuł, że ktoś znów do niego przemawia.

Et il a perçu ce qu'il considérait comme des commentaires amicaux.

I usłyszał to, co uznał za przyjazne komentarze.

"Il a apprécié son repas aujourd'hui", ou "il a tout mangé".

„Smakowało mu dziś jedzenie" lub „zjadł wszystko".

Mais cela n'arrivait que lorsqu'il avait fini de manger.

Ale to było dopiero wtedy, gdy zjadł już całe swoje jedzenie.

Mais récemment, cela devenait de plus en plus rare.

Jednak ostatnio zdarzało się to coraz rzadziej.

« Il touchait à peine à sa nourriture », disait-elle plus souvent maintenant.

„On prawie nie tknął jedzenia" – powtarzała teraz częściej.

Et il y avait une pointe de tristesse dans sa voix à chaque fois.

A w jej głosie za każdym razem można było usłyszeć nutę smutku.

Gregor ne pouvait entendre aucune autre nouvelle plus directement.

Gregor nie mógł usłyszeć żadnych innych wiadomości bardziej bezpośrednio.

Mais il a entendu beaucoup de choses se dire dans les pièces voisines.

Ale usłyszał wiele nowin z sąsiednich pomieszczeń.

Lorsqu'il a entendu des voix, il a couru vers la porte correspondante.

Gdy usłyszał głosy, pobiegł do odpowiednich drzwi.

Et il a plaqué tout son corps contre la porte pour entendre.

I przycisnął całe ciało do drzwi, żeby usłyszeć.

Toutes les conversations le concernaient d'une manière ou d'une autre.

Wszystkie rozmowy w ten czy inny sposób go dotyczyły.

Même lorsque le sujet semblait porter sur autre chose.

Nawet jeśli temat zdawał się dotyczyć czegoś innego.

Cette observation était particulièrement vraie au début.
Obserwacja ta była szczególnie aktualna na początku.
À chaque repas, ils répétaient la même discussion.
Podczas każdego posiłku powtarzali tę samą dyskusję.
Ils ne savaient toujours pas comment se comporter en sa présence.
Nadal nie byli pewni, jak się przy nim zachowywać.
Mais le même sujet a également été abordé entre les repas.
Ale ten sam temat był również poruszany między posiłkami.
Parce qu'il y avait toujours deux membres de la famille à la maison.
Ponieważ w domu zawsze były dwie osoby z rodziny.
Personne ne voulait rester seul à la maison.
Nikt nie chciał zostawać sam w domu.
Mais laisser l'appartement vide était également hors de question.
Ale pozostawienie mieszkania pustym również nie wchodziło w grę.
La femme de ménage était la seule à ne pas être attachée à l'appartement.
Tylko służąca nie była przywiązana do mieszkania.
Elle avait déjà demandé à partir dès le premier jour.
Już pierwszego dnia poprosiła o pozwolenie na wyjazd.
Elle s'est agenouillée et a supplié qu'on la renvoie.
Uklękła i błagała, aby ją zwolniono.
La famille ignorait l'étendue des connaissances de la bonne.
Rodzina nie wiedziała, ile tak naprawdę wiedziała służąca.
À ce stade, elle n'en avait pas vu plus que quiconque.
Na tym etapie nie widziała więcej niż ktokolwiek inny.
Ce qui s'était passé restait un mystère pour la famille.
Dla rodziny to, co się wydarzyło, wciąż pozostawało zagadką.
Mais un quart d'heure plus tard, elle fit ses adieux.
Ale kwadrans później pożegnała się.
Et elle a remercié la famille, les larmes aux yeux.
I ze łzami w oczach podziękowała rodzinie.
Mais en réalité, elle les remerciait de l'avoir libérée.
Ale tak naprawdę była im wdzięczna za to, że ją uwolnili.

Ils semblaient lui avoir témoigné la plus grande bienveillance.

Wygląda na to, że okazali jej ogromną życzliwość.

Elle a même prêté serment, sans qu'on le lui demande.

Nawet złożyła przysięgę, choć nikt jej o to nie prosił.

Elle a dit qu'elle ne dirait à personne ce qui s'était passé.

Powiedziała, że nikomu nie powie, co się wydarzyło.

Désormais, la sœur devait cuisiner avec sa mère.

Teraz siostra musiała gotować razem ze swoją matką.

Mais ce n'était pas vraiment un inconvénient majeur.

Ale to nie było aż tak wielkim problemem.

Parce que de toute façon, ils n'avaient presque rien mangé tous les deux.

Bo i tak obaj prawie nic nie jedli.

Gregor surprenait sans cesse la même conversation.

Gregor raz po raz podsłuchiwał tę samą rozmowę.

L'un disait à l'autre qu'il devait manger davantage.

Jedna osoba mówiła drugiej, że musi więcej jeść.

Mais cette personne n'a reçu aucune réponse de son interlocuteur.

Ale ta osoba nie otrzymała odpowiedzi od tej osoby.

« Merci, j'en ai assez », ou quelque chose de similaire.

„Dziękuję, mam już dość" lub coś podobnego.

Peut-être qu'eux non plus ne buvaient plus rien.

Być może oni też już nic nie pili.

Sa sœur demandait souvent à son père s'il voulait de la bière.

Siostra często pytała ojca, czy chce piwa.

Et elle a proposé chaleureusement d'aller chercher la bière elle-même.

I serdecznie zaproponowała, że sama przyniesie piwo.

Le père gardait toujours le silence à sa demande.

Ojciec zawsze milczał na jej prośbę.

La sœur devait donc trouver un moyen de dissiper tout doute.

Siostra musiała więc znaleźć sposób, aby rozwiać wszelkie wątpliwości.

Et elle a dit qu'elle enverrait la bonne chercher de la bière.
I powiedziała, że wyśle służącą po piwo.
Mais finalement, le père a dit un grand « non » retentissant.
Ale potem ojciec w końcu powiedział donośnym głosem:
„nie".
Puis, on n'a plus évoqué le fait qu'il boive une bière.
Potem temat wypicia przez niego piwa nie był już poruszany.
Il avait déjà expliqué la situation financière auparavant.
Już wcześniej wyjaśnił sytuację finansową.
En fait, il a évoqué les finances dès le premier jour.
Właściwie o finansach wspomniał już pierwszego dnia.
**Il leur a bien fait comprendre quelles étaient les
perspectives.**
Uświadomił im, jakie są perspektywy.
Sa propre entreprise avait fait faillite il y a environ cinq ans.
Jego własny biznes upadł około pięć lat temu.
De temps en temps, il se levait pour quitter la table.
Co jakiś czas wstawał, żeby odejść od stołu.
Et il se dirigea vers la caisse de son ancien commerce.
I poszedł do kasy swojego starego sklepu.
Il avait conservé la caisse enregistreuse par sentimentalisme.
Z sentymentu zachował kasę fiskalną.
**Gregor l'entendit déverrouiller une serrure lourde et
complexe.**
Gregor usłyszał, jak otwiera ciężki i skomplikowany zamek.
Et il sortit des reçus et des livres de comptes de la caisse.
I wyjął z kasy paragony i książki.
Après avoir pris les objets, il a refermé la caisse à clé.
Po zabraniu przedmiotów ponownie zamknął kasetkę z
pieniędzmi.
**Gregor n'avait entendu aucune bonne nouvelle depuis son
emprisonnement.**
Od czasu uwięzienia Gregor nie otrzymał żadnych dobrych
wieści.
Il pensait que l'entreprise avait ruiné son père.
Uważał, że interes doprowadził jego ojca do bankructwa.
Le père avait certainement donné cette impression à Gregor.

Ojciec z pewnością wywarł na Gregorze takie wrażenie.
Et Gregor ne lui a plus jamais posé de questions sur les finances.
A Gregor nigdy więcej nie pytał go o finanse.
Gregor voulait faire tout son possible pour aider la famille.
Gregor chciał zrobić wszystko, co w jego mocy, aby pomóc rodzinie.
Il voulait les aider à oublier leurs difficultés financières.
Chciał pomóc im zapomnieć o niepowodzeniu w interesach.
La faillite qui a engendré un désespoir total.
Bankructwo, które przyniosło całkowitą beznadzieję.
Il s'est donc mis à travailler avec une passion toute particulière.
więc zaczął pracować z naprawdę szczególną pasją.
Il était devenu représentant de commerce itinérant presque du jour au lendemain.
Niemal z dnia na dzień został komiwojażerem.
Avant cela, il n'avait travaillé que comme commis mal payé.
Wcześniej pracował jako nisko opłacany urzędnik.
Il avait désormais des opportunités de gains complètement différentes.
Teraz miał zupełnie inne możliwości zarobkowania.
Les ventes réussies pouvaient être immédiatement converties en liquidités.
Udaną sprzedaż można było natychmiast przeliczyć na gotówkę.
L'argent étant bien sûr versé sur ses commissions.
Pieniądze oczywiście pochodzą z jego prowizji.
Désormais, Gregor pouvait mettre de l'argent sur la table familiale.
Teraz Gregor mógł położyć pieniądze na rodzinnym stole.
Et ils étaient étonnés et ravis de ses gains.
A oni byli zdumieni i zadowoleni z jego zarobków.
Mais ces beaux moments ne se reproduiront plus.
Ale te piękne czasy już się nie powtórzą.
Ils commençaient tout juste à s'habituer à cette période faste.
Dopiero co przyzwyczaili się do tych dobrych czasów.

À chaque paie, la famille acceptait l'argent avec gratitude.
Rodzina z wdzięcznością przyjmowała pieniądze za każdym
razem, gdy otrzymywała wypłatę.
Et Gregor était tout aussi heureux de remettre l'argent.
A Gregor równie chętnie oddał pieniądze.
Mais la chaleureuse affection qu'elle suscitait en retour s'est
peu à peu éteinte.
Jednak ciepłe uczucie, jakie nam dawano w zamian, powoli
zanikało.
Seule sa sœur restait aussi proche de Gregor qu'auparavant.
Tylko jego siostra pozostała tak blisko Gregora jak wcześniej.
Elle, contrairement à Gregor, avait une profonde
appréciation pour la musique.
Ona, w przeciwieństwie do Gregora, miała głębokie uznanie
dla muzyki.
Et elle savait jouer du violon d'une manière très touchante.
I potrafiła grać na skrzypcach w sposób bardzo wzruszający.
Gregor avait secrètement prévu de l'envoyer dans une école
de musique.
Gregor potajemnie planował wysłać ją do szkoły muzycznej.
Il n'avait pas encore décidé comment il réglerait les
dépenses.
Nie zdecydował jeszcze, w jaki sposób pokryje wydatki.
Mais d'une manière ou d'une autre, il couvrirait les frais.
Ale w jakiś sposób pokryje koszty.
De temps en temps, Gregor et sa famille partaient en courts
séjours.
Od czasu do czasu Gregor i cała rodzina wybierali się na
krótkie wycieczki.
Gregor et sa sœur abordaient souvent ce sujet.
Gregor i siostra często poruszali ten temat.
Mais cela n'a jamais été évoqué que comme une idée
merveilleuse.
Jednak wspomniano o tym wyłącznie jako o wspaniałym
pomyśle.
Ils ne croyaient pas vraiment que ce rêve puisse se réaliser.
Naprawdę nie wierzyli, że marzenie może się spełnić.

Et les parents n'appréciaient pas de telles ambitions fantaisistes.

A rodzicom nie podobały się takie wybujałe ambicje.

Même lorsque le sujet a été abordé de manière tout à fait innocente.

Nawet gdy temat został poruszony zupełnie niewinnie.

Mais Gregor continuait de penser à l'école de musique.

Ale Gregor nadal myślał o szkole muzycznej.

Et il prévoyait d'annoncer le cadeau la veille de Noël.

A ogłoszenie prezentu planował na Wigilię.

Bien sûr, dans son état actuel, ce serait impossible.

Oczywiście, w jego obecnym stanie byłoby to niemożliwe.

Mais ce genre de pensées lui traversait l'esprit.

Ale takie myśli przechodziły mu przez głowę.

Et telles étaient les pensées qui lui traversaient l'esprit en écoutant sa famille.

I takie myśli towarzyszyły mu, gdy słuchał rodziny.

Parfois, il était trop fatigué pour continuer à les écouter.

Czasami był zbyt zmęczony, żeby ich dalej słuchać.

Sa tête s'est affaissée contre la porte, rongée par la fatigue.

Ze zmęczenia uderzył głową o drzwi.

Mais il appuya aussitôt de nouveau sa tête contre la porte.

Ale natychmiast znowu przytknął głowę do drzwi.

Car même le moindre bruit s'entendait à l'extérieur.

Ponieważ na zewnątrz było słychać nawet najcichszy hałas.

Et le moindre bruit qu'il faisait plongeait la famille dans le silence.

A każdy hałas, jaki wydawał, powodował ciszę w rodzinie.

« Que fait-il maintenant ? » demanda le père à sa famille.

„Co on teraz robi?" – zapytał ojciec rodzinę.

Il alla à la porte pour vérifier d'où venait le bruit.

I podszedł do drzwi, żeby sprawdzić, co powoduje hałas.

Puis la conversation interrompue a repris progressivement.

A potem przerwana rozmowa została stopniowo wznowiona.

Mais les paroles du père ont agréablement surpris tout le monde.

Ale to, co powiedział ojciec, pozytywnie zaskoczyło wszystkich.

Gregor apprit alors la véritable situation financière.

Gregor poznał teraz prawdziwy stan finansów.

Malgré tous ces malheurs, il y a eu aussi un peu de chance.

Pomimo wszystkich nieszczęść, było też trochę szczęścia.

Une petite fortune d'antan était encore là.

Została tam jeszcze niewielka fortuna z dawnych czasów.

Le père a expliqué les choses, mais a dû se répéter.

Ojciec wszystko wyjaśnił, ale musiał powtórzyć.

Parce qu'il ne s'était pas occupé de ces choses depuis un certain temps.

Ponieważ od jakiegoś czasu nie zajmował się tymi sprawami.

Et parce que la mère ne comprenait pas de telles choses.

A ponieważ matka nie rozumiała takich rzeczy.

Les taux d'intérêt de la banque avaient légèrement augmenté.

Oprocentowanie kredytów bankowych nieznacznie wzrosło.

L'argent non utilisé avait augmenté plus que prévu.

Kwota nietkniętych pieniędzy wzrosła bardziej, niż oczekiwano.

De plus, Gregor leur avait toujours donné ses économies.

Gregor zawsze oddawał im swoje oszczędności.

Il n'avait jamais gardé que quelques florins pour lui-même.

Dla siebie zachował zaledwie kilka guldenów.

Et son argent n'avait pas été entièrement dépensé.

A jego pieniądze również nie zostały całkowicie wykorzystane.

Ensemble, ces sommes avaient constitué un petit capital.

Łącznie pieniądze te utworzyły niewielki kapitał.

Gregor, derrière sa porte, hocha la tête avec enthousiasme à la nouvelle.

Gregor, stojący za drzwiami, kiwnął głową, słysząc nowiny.

Il était ravi de cette prudence et de cette frugalité inattendues.

Ucieszyła go ta nieoczekiwana ostrożność i oszczędność.

Les fonds excédentaires auraient pu servir à rembourser la dette.
Nadwyżkę środków można było przeznaczyć na spłatę długu.
Ils n'auraient alors plus rien dû au patron.
Wtedy nie byliby już nic winni szefowi.
Et Gregor aurait pu changer d'emploi bien plus tôt.
A Gregor mógł o wiele szybciej znaleźć nową pracę.
Mais la façon dont le père s'y était pris était bien meilleure maintenant.
Ale sposób w jaki ojciec to zorganizował, był teraz o wiele lepszy.
L'argent ne suffisait pas tout à fait pour vivre des intérêts.
Pieniądze nie wystarczały na utrzymanie się z odsetek.
Et il a fallu mettre de l'argent de côté pour les urgences.
A część pieniędzy trzeba było odłożyć na nagłe wydatki.
Cela n'aurait suffi que pour un an ou deux.
Pieniędzy wystarczyłoby na rok, dwa.
Cela signifiait que quelqu'un devait gagner de l'argent pour qu'ils puissent vivre.
Oznaczało to, że ktoś musiał zarabiać pieniądze, aby mogli przeżyć.
Le père n'était pas malade et il était assez fort.
Ojciec nie był chory i był wystarczająco silny.
Mais il était sans emploi depuis plus de cinq ans.
Jednak nie miał pracy od ponad pięciu lat.
Et, du fait de son âge, il lui restait peu de confiance en lui.
A ze względu na swój wiek, brakowało mu już pewności siebie.
Il avait également pris beaucoup de poids ces derniers temps.
Ostatnio sporo przytył.
Sa vie avait toujours été ardue et infructueuse.
Jego życie zawsze było trudne i nieudane.
Et c'étaient les premières vacances qu'il ait jamais prises.
A były to jego pierwsze wakacje w życiu.
Et, faute d'être occupé, il était devenu assez maladroit.
A gdy mu się nie zajęto, stał się zupełnie niezdarny.

Ne serait-il pas préférable que la vieille mère gagne l'argent ?

Czy byłoby lepiej, gdyby to stara matka zarabiała pieniądze?

La vieille mère qui souffrait d'asthme.

Stara matka, która cierpiała na astmę.

La vieille mère qui peinait à monter les escaliers.

Stara matka, która miała trudności z wejściem po schodach.

La vieille mère qui passait son temps allongée sur le canapé.

Stara matka, która spędzała czas leżąc na sofie.

La vieille mère qui préférait rester près de la fenêtre.

Stara matka, która wolała siedzieć przy oknie.

Pour qu'elle puisse reprendre son souffle quand elle en aurait besoin.

Żeby mogła złapać oddech, kiedy tego potrzebowała.

Ne serait-il pas préférable que ce soit la jeune sœur qui gagne l'argent ?

Czy byłoby lepiej, gdyby to młodsza siostra zarabiała pieniądze?

La sœur, qui à dix-sept ans n'était encore qu'une enfant.

Siostra, która mając siedemnaście lat, była jeszcze dzieckiem.

La sœur qui ne connaissait que quelques modestes plaisirs.

Siostra, która miała tylko kilka skromnych przyjemności.

La sœur qui aimait surtout jouer du violon.

Siostra, która najbardziej lubiła grać na skrzypcach.

Elle savait que son mode de vie antérieur était très enviable ;

Wiedziała, że jej dotychczasowy sposób życia był godny pozazdroszczenia;

Bien s'habiller, faire la grasse matinée, aider à la maison.

Ubieranie się elegancko, wstawanie późno, pomaganie w domu.

La conversation tournait souvent autour de la nécessité de gagner de l'argent.

Rozmowy często schodziły na temat potrzeby zarabiania pieniędzy.

Gregor était toujours le premier à lâcher la porte.

Gregor zawsze pierwszy puszczał drzwi.

Cette conversation l'avait rempli de honte et de chagrin.

Rozmowa ta sprawiła, że zrobiło mu się gorąco ze wstydu i żalu.

Il se laissa donc tomber sur le canapé en cuir qui refroidissait.

Więc rzucił się na chłodną skórzaną sofę.

Et il passait souvent le reste de la nuit sur le canapé.

Często spędzał resztę nocy na kanapie.

Il ne dormait jamais vraiment sur le canapé, ni la nuit.

Tak naprawdę nigdy nie spał na kanapie, ani w nocy.

Souvent, il se contentait de gratter le cuir pendant des heures.

Często po prostu drapał skórę przez wiele godzin.

D'autres fois, il poussait le fauteuil jusqu'à la fenêtre.

Innym razem przesuwał fotel w stronę okna.

Cela a nécessité à lui seul beaucoup d'efforts de sa part.

Już samo to wymagało od niego ogromnego wysiłku.

Le fauteuil l'a aidé à ramper jusqu'au rebord de la fenêtre.

Fotel pomógł mu wejść na parapet.

Et de là, il put s'appuyer contre la fenêtre.

I stamtąd mógł oprzeć się o okno.

Il éprouvait un grand sentiment de liberté en faisant cela.

Robiąc to, czuł ogromną wolność.

Peut-être recherchait-il une sensation de liberté d'antan.

Być może szukał jakiegoś dawnego, wyzwalającego uczucia.

Mais sa vue n'était plus aussi perçante qu'avant.

Jednak jego wzrok nie był już tak ostry jak kiedyś.

Les objets situés à une certaine distance étaient flous et indistincts.

Rzeczy znajdujące się w niewielkiej odległości były rozmazane i niewyraźne.

Il ne pouvait plus voir l'hôpital de l'autre côté de la rue.

Nie widział już szpitala po drugiej stronie ulicy.

Avant, il maudissait le paysage, maintenant il voulait le voir.

Zanim przeklął ten widok, zapragnął go zobaczyć.

Il savait qu'il habitait dans la paisible Charlottenstrasse, en pleine ville.

Wiedział, że mieszka przy spokojnej, miejskiej ulicy
Charlottenstrasse.
Mais il a peut-être cru qu'il regardait vers le désert.
Ale mógł pomyśleć, że patrzy na pustynię.
Un désert où le ciel gris et la terre grise se confondaient.
Pustkowie, gdzie szare niebo i szara ziemia łączą się ze sobą.
**La sœur attentive remarqua à deux reprises que la chaise
avait bougé.**
Uważna siostra dwa razy zauważyła, że krzesło się poruszyło.
Après avoir rangé, elle a repoussé la chaise vers la fenêtre.
Po posprzątaniu odsunęła krzesło pod okno.
Et désormais, elle laissait même la fenêtre ouverte.
I od tej pory zostawiała nawet skrzydło okna otwarte.
Gregor aurait vraiment souhaité pouvoir parler à sa sœur.
Gregor naprawdę żałował, że nie mógł porozmawiać ze swoją
siostrą.
Il voulait la remercier pour tout ce qu'elle avait fait pour lui.
Chciał jej podziękować za wszystko, co dla niego zrobiła.
Il aurait alors plus facilement toléré leurs services.
Wtedy mógłby łatwiej tolerować ich usługi.
Mais en l'état actuel des choses, il souffrait de son aide.
Ale tak się złożyło, że cierpiał z powodu jej pomocy.
La sœur, bien sûr, a tenté de dissimuler la gêne.
Siostra oczywiście próbowała ukryć zażenowanie.
**Et elle faisait de son mieux pour feindre de ne pas se sentir
accablée.**
I starała się jak mogła, żeby nie czuć się obciążona.
**Bien sûr, c'est quelque chose qu'elle devait d'abord
pratiquer.**
Oczywiście, że to było coś, co musiała najpierw przećwiczyć.
Et plus le temps passait, plus elle devenait douée.
Im więcej czasu mijało, tym lepiej jej to szło.
**Mais Gregor eut également plus de temps pour constater sa
supercherie.**
Ale Gregorowi dano też więcej czasu, żeby przyjrzeć się jej
udawaniu.

Même son entrée dans sa chambre était une épreuve pour lui.

Nawet wejście do jego pokoju było dla niego ciężką próbą.

Dès qu'elle est entrée, elle a couru directement vers la fenêtre.

Gdy tylko weszła, od razu pobiegła do okna.

Elle n'a même pas pris le temps de fermer la porte.

Nie miała nawet czasu, żeby zamknąć drzwi.

Normalement, elle épargnait à tout le monde la vue de la chambre de Gregor.

Zazwyczaj oszczędzała wszystkim widoku pokoju Gregora.

Et elle ouvrit brusquement la fenêtre d'un geste rapide.

I szybkim ruchem szarpnęła okno.

Puis elle reprit sa respiration comme si elle avait suffoqué.

Potem znowu zaczęła oddychać, jakby się dusiła.

L'air qui entrait était froid, et elle respira profondément.

Powietrze, które weszło do środka, było zimne, więc wzięła głęboki oddech.

Mais elle resta néanmoins un moment près de la fenêtre.

Mimo wszystko pozostała przy oknie jeszcze przez jakiś czas.

Elle effrayait Gregor deux fois par jour avec ce rituel.

Tą rutyną straszyła Gregora dwa razy dziennie.

Pendant qu'elle était dans la pièce, il tremblait sous le canapé.

Gdy ona była w pokoju, on trząsł się pod sofą.

Il savait qu'elle aurait aimé lui épargner cette épreuve.

Wiedział, że chciałaby mu oszczędzić tej próby.

Mais elle ne pouvait pas rester dans la pièce avec la fenêtre fermée.

Ale nie mogła przebywać w pokoju, gdy okno było zamknięte.

Il y a eu une fois où elle est arrivée un peu plus tôt.

Pewnego razu przyszła trochę wcześniej.

Probablement environ un mois après la transformation de Gregor.

Prawdopodobnie około miesiąca po transformacji Gregora.

Elle s'était plus ou moins habituée à sa nouvelle apparence.

Przyzwyczaiła się już do jego nowego wyglądu.

Elle n'avait donc plus aucune raison d'être particulièrement choquée.

Nie miała więc już powodu do szczególnego szoku.

Elle le trouva toujours immobile, le regard fixé par la fenêtre.

Znalazła go wciąż wpatrującego się nieruchomo w okno.

Il se trouvait dans le pire endroit où il aurait pu être.

Znajdował się w najgorszym możliwym miejscu.

Il n'aurait pas été surpris si elle n'était pas entrée.

Nie byłby zaskoczony, gdyby nie weszła.

Il l'empêcha d'ouvrir la fenêtre.

Gdzie uniemożliwiono jej otwarcie okna.

Elle quitta rapidement la pièce et ferma la porte.

Szybko wyszła z pokoju i zamknęła drzwi.

Un étranger aurait pu tirer toutes sortes de conclusions.

Ktoś obcy mógłby dojść do wielu różnych wniosków.

Peut-être attendait-il simplement l'occasion de la mordre.

Być może czekał tylko na okazję, żeby ją ugryźć.

Gregor, bien sûr, s'est immédiatement caché sous le canapé.

Gregor oczywiście natychmiast schował się pod kanapą.

Mais il dut attendre midi pour que sa sœur revienne.

Musiał jednak czekać do południa na powrót siostry.

Et elle semblait beaucoup plus agitée que d'habitude.

Wydawała się o wiele bardziej niespokojna niż zwykle.

Il réalisa que sa vue lui était encore insupportable.

Zdał sobie sprawę, że jego widok nadal jest dla niego nie do zniesienia.

Sa vue allait lui rester insupportable.

Jego widok stał się dla niej nie do zniesienia.

Elle ne pouvait probablement pas supporter de le voir, même partiellement.

Prawdopodobnie nie mogła znieść widoku jakiejkolwiek jego części.

Une petite partie dépassait toujours de sous le canapé.

Spod kanapy zawsze wystawała jakaś mała część.

Un jour, il transporta un drap sur son dos jusqu'au canapé.

Pewnego dnia poszedł na sofę, niosąc na plecach prześcieradło.

Il voulait lui épargner de voir quoi que ce soit de lui.

Chciał oszczędzić jej widoku jakiejkolwiek jego osoby.

Il arrangea le drap de façon à ce qu'il soit entièrement caché.

Ułożył prześcieradło tak, że był cały ukryty.

Même si elle se baissait, elle ne pourrait pas le voir.

Nawet gdyby się pochyliła, nie byłaby w stanie go zobaczyć.

L'opération a pris à Gregor plus de trois heures.

Całe przedsięwzięcie zajęło Gregorowi ponad trzy godziny.

Elle a peut-être pensé que le drap était inutile.

Mogła pomyśleć, że prześcieradło jest niepotrzebne.

Elle aurait su qu'il ne voulait pas du drap.

Ona wiedziałaby, że on nie chce prześcieradła.

Il le faisait pour son confort, et non pour lui-même.

Robił to dla jej wygody, nie dla siebie.

Et elle aurait pu enlever le drap si elle l'avait voulu.

A gdyby chciała, mogłaby zdjąć prześcieradło.

Mais elle laissa le drap là où Gregor l'avait mis.

Ale zostawiła prześcieradło tam, gdzie położył je Gregor.

Et Gregor crut même avoir aperçu un regard reconnaissant.

A Gregorowi nawet wydawało się, że dostrzegł wdzięczne spojrzenie.

Il avait doucement soulevé le drap avec sa tête.

Delikatnie podniósł prześcieradło głową.

Il voulait savoir si sa sœur appréciait cet arrangement.

Chciał sprawdzić, czy jego siostrze podoba się ten układ.

Les deux premières semaines ont été les plus difficiles pour les parents.

Pierwsze dwa tygodnie były dla rodziców najtrudniejsze.

Ils n'ont pas eu le courage d'entrer et de le voir.

Nie mogli się zdobyć na to, żeby wejść i go zobaczyć.

Il a surpris plusieurs de leurs conversations à cette époque.

Podsłuchał wówczas wiele ich rozmów.

Ils ont pleinement reconnu tout ce que faisait la sœur.

W pełni uznali, że siostra robiła wszystko, co mogła.

Même s'ils étaient souvent agacés par elle.
Choć dawniej często się na nią denerwowali.
Parce qu'elle semblait être une fille un peu inutile.
Ponieważ wydawała się dziewczyną dość bezużyteczną.
C'étaient maintenant eux qui attendaient de l'autre côté de la pièce.
Teraz to oni czekali po drugiej stronie pokoju.
Et c'est elle qui est entrée dans la pièce pour tout faire.
I to ona weszła do pokoju i wszystko zrobiła.
Dès qu'elle est sortie, ils ont voulu tout savoir.
Gdy tylko wyszła, chcieli wiedzieć wszystko.
Elle a dû leur décrire précisément l'aspect de la pièce.
Musiała im dokładnie powiedzieć, jak wygląda pokój.
« Qu'est-ce que Gregor a mangé ? Comment s'est-il comporté cette fois-ci ? »
„Co Gregor jadł? Jak się tym razem zachował?"
«Y avait-il peut-être une légère amélioration à constater ?»
„Czy można było zauważyć niewielką poprawę?"
La mère, d'ailleurs, était en réalité plus courageuse.
Matka, nawiasem mówiąc, była bardziej odważna.
Et bien sûr, c'était son propre fils qui se trouvait dans la pièce.
Oczywiście w pokoju był jej syn.
Elle souhaitait en fait rendre visite à Gregor assez rapidement.
Tak naprawdę chciała odwiedzić Gregora stosunkowo szybko.
Mais au départ, son père et sa sœur l'ont retenue.
Jednak ojciec i siostra początkowo ją powstrzymali.
Ils ont avancé des arguments très rationnels pour qu'elle n'y aille pas.
Przedstawiali jej bardzo racjonalne argumenty, żeby nie jechała.
Gregor écouta très attentivement leur raisonnement.
Gregor bardzo uważnie słuchał ich argumentacji.
Et il acceptait ce raisonnement autant que sa mère.
I on przyjął ten argument tak samo jak jego matka.
Plus tard, cependant, il a fallu la retenir par la force.

Później jednak trzeba było ją powstrzymać siłą.

«Laissez-moi entrer voir Gregor, c'est mon malheureux fils !»

"Wpuśćcie mnie do Gregora, to mój nieszczęsny syn!"

« Tu ne comprends pas que je dois aller le voir ? »

"Czy nie rozumiesz, że muszę go odwiedzić?"

Gregor fut également convaincu par les arguments de sa mère.

Gregor również dał się przekonać argumentom matki.

Peut-être avait-elle raison ; ce serait bien qu'elle vienne.

Może miała rację; dobrze by było, gdyby weszła.

Le voir tous les jours serait beaucoup trop lourd.

Przychodzenie do niego każdego dnia byłoby dla mnie zbyt dużym obciążeniem.

Mais le voir une fois par semaine suffirait peut-être.

Ale widywanie go raz w tygodniu może być wystarczające.

Elle pourrait comprendre les choses bien mieux que sa sœur.

Ona może rozumieć sprawy znacznie lepiej niż jej siostra.

Malgré tout son courage, elle n'était encore qu'une enfant.

Pomimo całej swojej odwagi, była nadal tylko dzieckiem.

Peut-être une insouciance enfantine l'a-t-elle poussée à entreprendre cette tâche.

Być może podjęła się tego zadania z powodu swojej dziecinnej lekkomyślności.

Mais le souhait de Gregor de revoir sa mère se réalisa bientôt.

Ale życzenie Gregora, aby zobaczyć swoją matkę, wkrótce się spełniło.

Durant la journée, Gregor se tenait à l'écart de la fenêtre.

W ciągu dnia Gregor trzymał się z dala od okna.

Il a agi ainsi par égard pour ses parents.

Uczynił to ze względu na swoich rodziców.

Il n'avait pas beaucoup de place pour ramper sur le sol.

Nie miał zbyt wiele miejsca na poruszanie się po podłodze.

Il avait du mal à rester immobile pendant la nuit.

Trudno mu było leżeć nieruchomo w nocy.

Manger ne lui procurait plus le moindre plaisir.

Jedzenie nie sprawiało mu już najmniejszej przyjemności.

Bien sûr, il devait trouver un moyen de se distraire.
Oczywiście musiał znaleźć jakiś sposób, żeby odwrócić uwagę.
Pour se divertir, il grimpait et descendait les murs.
Aby się rozerwać, wspinał się i schodził po ścianach.
Et il rampait aussi le long du plafond, la tête en bas.
I pełzał także po suficie, głową w dół.
Il était particulièrement heureux lorsqu'il était suspendu au plafond.
Był szczególnie szczęśliwy, gdy wisiał pod sufitem.
C'était complètement différent de s'allonger par terre.
To było zupełnie co innego niż leżenie na podłodze.
Il trouvait qu'il respirait beaucoup plus facilement dans cette position.
W tej pozycji oddychało mu się o wiele łatwiej.
Une légère mais agréable vibration parcourut son corps.
Lekkie, ale przyjemne wibracje przeszły jego ciało.
Parfois, il se laissait même trop aller à son bonheur.
Czasem wręcz za bardzo rozluźniał się w swoim szczęściu.
Il lui arrivait d'être distrait et de lâcher prise du plafond.
Czasami rozpraszał się i puszczał sufit.
Et à sa propre surprise, il atterrit de nouveau sur le sol.
I ku swojemu zaskoczeniu wylądował z powrotem na ziemi.
Mais il maîtrisait bien mieux son corps qu'auparavant.
Ale miał o wiele lepszą kontrolę nad swoim ciałem niż wcześniej.
Ainsi, il ne se blessait plus lors de chutes aussi importantes.
Żeby teraz nie zrobił sobie krzywdy na skutek tak dużych upadków.
Sa sœur remarqua immédiatement le nouveau plaisir de Gregor.
Siostra natychmiast zauważyła nową przyjemność Gregora.
Et on retrouvait des traces de colle là où il avait rampé.
A tam, gdzie się czołgał, były ślady kleju.
Là encore, la sœur pensa au bien-être de Gregor.
I tu siostra znów pomyślała o zdrowiu Gregora.
Il apprécierait peut-être d'avoir plus d'espace pour ramper.

Być może doceniłby większą przestrzeń do czołgania się.
Et l'idée s'est fermement ancrée dans son esprit.
I pomysł ten na dobre zagościł w jej głowie.
Certains meubles volumineux entravaient sa liberté de mouvement.
Niektóre duże meble uniemożliwiały mu swobodne poruszanie się.
Il ne travaillait plus, il n'avait donc plus besoin du bureau.
Już nie pracował, więc biurko nie było mu potrzebne.
Et la boîte prenait plus de place que nécessaire. ***
A pudełko zajmowało więcej miejsca, niż było potrzeba. ***
La sœur n'était pas en mesure de déplacer ces choses seule.
Siostra nie była w stanie sama przenieść tych rzeczy.
Bien sûr, elle n'osait pas demander de l'aide à son père.
Oczywiście nie odważyła się prosić ojca o pomoc.
La bonne ne l'aurait certainement pas aidée non plus.
Służąca z pewnością też by jej nie pomogła.
La nouvelle femme de ménage était en réalité un an plus jeune qu'elle.
Nowa pokojówka była od niej o rok młodsza.
Elle avait courageusement endossé le rôle de l'ancienne bonne.
Odważnie przyjęła rolę byłej pokojówki.
Mais il y avait un privilège auquel elle tenait absolument.
Ale była jedna rzecz, na której bardzo jej zależało.
Elle voulait que la cuisine reste verrouillée en permanence.
Chciała, żeby kuchnia była zawsze zamknięta.
La sœur n'avait donc pas d'autre choix que de demander à sa mère.
Więc siostra nie miała innego wyjścia, jak tylko zapytać matkę.
La mère est venue à son secours en poussant des cris de joie.
Matka z okrzykami radości przyszła na pomoc.
Mais elle se tut devant la porte de la chambre de Gregor.
Ale przy drzwiach pokoju Gregora zapadła cisza.
La sœur a vérifié que tout était en ordre dans la chambre.
Siostra sprawdziła czy wszystko w pokoju jest w porządku.

Gregor avait tiré précipitamment encore plus fort sur le drap.

Gregor pospiesznie jeszcze mocniej naciągnął prześcieradło.

Bien que le drap-housse paraisse encore disposé au hasard.

Chociaż prześcieradło nadal wyglądało na chaotycznie ułożone.

Et ce n'est qu'alors qu'elle laissa sa mère entrer dans la pièce.

Dopiero wtedy pozwoliła matce wejść do pokoju.

Gregor s'abstint également d'espionner sous le drap.

Gregor również powstrzymał się od podglądania spod prześcieradła.

Il a décidé de ne pas voir sa mère cette fois-ci.

Tym razem postanowił nie widzieć się z matką.

Gregor était déjà content qu'elle soit venue.

Gregor był zadowolony, że ona w ogóle przyszła.

«Entrez, vous ne pouvez pas le voir», dit la sœur.

„Wejdź, nie możesz go zobaczyć" – powiedziała siostra.

Gregor supposa qu'elle tenait sa mère par la main.

Gregor założył, że prowadziła matkę za rękę.

Puis il entendit les deux femmes, faibles, déplacer les meubles.

Potem usłyszał, jak dwie słabe kobiety przesuwają meble.

La sœur semblait s'attribuer la majeure partie du travail.

Wygląda na to, że siostra przypisywała sobie większość obowiązków.

Sa mère craignait qu'elle ne s'épuise.

Jej matka obawiała się, że córka się przemęczy.

Mais la sœur n'a prêté aucune attention à ces avertissements.

Jednak siostra nie zwróciła uwagi na te ostrzeżenia.

Mais même après quinze minutes, les progrès étaient très lents.

Ale nawet po piętnastu minutach postęp był bardzo powolny.

Ils n'avaient pas réussi à déplacer les meubles très loin.

Nie udało im się przesunąć mebli zbyt daleko.

Ils commençaient lentement à ressentir un sentiment de défaite.

Powoli zaczęli odczuwać poczucie porażki.

La mère fut la première à reconnaître l'inutilité de la démarche.

Matka pierwsza przyznała, że to daremne.

« Il vaudrait peut-être mieux laisser la boîte ici. »

„Może lepiej byłoby zostawić pudełko tutaj".

« Le carton est trop lourd pour que nous puissions le déplacer plus loin. »

„Skrzynia jest za ciężka, żebyśmy mogli ją przesunąć dalej".

« Et nous n'aurons pas terminé avant l'arrivée de votre père. »

„I nie skończymy, dopóki nie przybędzie twój ojciec".

« Laisser la boîte ici lui barrerait encore plus le passage. »

„Zostawienie skrzynki tutaj jeszcze bardziej zablokowałoby mu drogę.

« Et pouvons-nous être sûrs de lui rendre service ? »

„Czy możemy być pewni, że robimy mu przysługę?"

Ils commencèrent à penser que le contraire pourrait bien être vrai.

Zaczęli myśleć, że może być odwrotnie.

La vue du mur vide lui pesait lourdement sur le cœur.

Widok pustej ściany ciążył jej na sercu.

Qui nous dit que Gregor ne ressentirait pas la même chose ?

A co powiecie na to, że Gregor nie czułby tego samego?

«Il est déjà habitué aux meubles de sa chambre.»

„On już przyzwyczaił się do mebli w swoim pokoju."

«Il pourrait se sentir encore plus abandonné dans une pièce vide.»

„W pustym pokoju mógłby czuć się jeszcze bardziej opuszczony".

À ce moment-là, sa voix s'était presque réduite à un murmure.

Jej głos zniżył się już niemal do szeptu.

Elle ignorait en réalité où se trouvait exactement Gregor.

Tak naprawdę nie wiedziała, gdzie dokładnie znajduje się Gregor.

Elle ne voulait même pas qu'il entende sa voix.

Nie chciała, żeby w ogóle usłyszał dźwięk jej głosu.

Bien qu'elle fût certaine qu'il ne la comprenait pas.
Choć była pewna, że jej nie zrozumiał.
« N'aurait-on pas l'impression de l'avoir complètement abandonné ? »
„Czyż nie będzie tak, jakbyśmy całkowicie się go pozbyli?"
«N'aura-t-il pas l'impression qu'on le laisse se débrouiller seul ?»
„Czy nie będzie miał wrażenia, że zostawiamy go samemu sobie?"
«Nous devrions laisser la pièce exactement comme elle était.»
„Powinniśmy zostawić pokój dokładnie w takim stanie, w jakim był."
« Gregor finira par nous revenir comme avant. »
„Gregor w końcu wróci do nas taki, jaki był."
«Alors il constatera que tout est encore à sa place.»
„Wtedy odkryje, że wszystko jest na swoim miejscu".
« Et il oubliera beaucoup plus facilement la période intermédiaire. »
„I o wiele łatwiej będzie mu zapomnieć o okresie przejściowym".
En entendant ces mots, Gregor réalisa quelque chose.
Kiedy Gregor usłyszał te słowa, coś sobie uświadomił.
Son esprit était devenu confus au cours des deux derniers mois.
W ciągu ostatnich dwóch miesięcy jego umysł stał się zdezorientowany.
Le manque d'interactions humaines ne lui avait pas fait de bien.
Brak kontaktu z ludźmi nie był dla niego dobry.
Il avait vraiment besoin de la vie monotone au sein de sa famille.
Naprawdę potrzebował monotonnego życia pośród rodziny.
Pourquoi aurait-il formulé une demande aussi absurde autrement ?
Po co innego wysunąłby tak bezsensowne żądanie?
Quel sens pouvait-il y avoir à vider sa chambre ?

Jaki sens miało opróżnianie pokoju?
La chambre confortable est meublée de meubles hérités.
Komfortowy pokój umeblowany odziedziczonymi meblami.
Pourquoi voudrait-il transformer cette chaleur familière en une grotte ?
Po co miałby chcieć zamienić to znane ciepło w jaskinię?
Une grotte où il pouvait ramper en toute tranquillité dans toutes les directions.
Jaskinia, w której mógł spokojnie poruszać się we wszystkich kierunkach.
Mais une grotte où il oublia rapidement son passé humain.
Ale była to jaskinia, w której szybko zapomniał o swojej ludzkiej przeszłości.
Il se demandait s'il était déjà sur le point d'oublier.
Zastanawiał się, czy nie jest już bliski zapomnienia.
La voix de sa mère l'avait secoué et lui avait fait se souvenir.
Głos matki wstrząsnął nim i przywołał wspomnienia.
La voix qu'il n'avait pas entendue depuis si longtemps.
Głos, którego nie słyszał od tak dawna.
Il ne fallait rien enlever ; tout devait rester.
Niczego nie należało usuwać; wszystko musiało pozostać.
Le mobilier a eu un effet positif sur son état.
Meble rzeczywiście wpłynęły pozytywnie na jego stan.
Et il ne pouvait pas s'en sortir sans ce lien avec le passé.
A bez tego odniesienia do przeszłości nie mógłby sobie poradzić.
Les meubles l'empêchaient de ramper sans but.
Meble uniemożliwiały mu bezsensowne czołganie się.
Mais ce n'était pas une perte ; c'était au contraire un grand avantage.
Ale to nie była żadna strata; wręcz przeciwnie, była to wielka korzyść.
Malheureusement, sa sœur avait un avis très différent.
Niestety siostra miała zupełnie inne zdanie.
Elle était en quelque sorte devenue la porte-parole de Gregor.
Stała się w pewnym sensie rzeczniczką Gregora.

Bien sûr, son opinion n'était pas totalement injustifiée.
Oczywiście jej opinia nie była całkowicie bezpodstawna.
Mais l'opinion de sa mère devait être contredite ici.
Jednak w tej kwestii trzeba było zaprzeczyć opinii jej matki.
Il ne s'agissait plus seulement d'enlever la boîte.
Teraz trzeba było usunąć nie tylko pudełko.
Son bureau et son armoire ne pouvaient pas rester en place non plus.
Jego biurko i szafa również nie mogły pozostać.
La seule chose indispensable était le canapé.
Jedyną niezbędną rzeczą była sofa.
Elle n'a pas pris cette décision par simple rébellion enfantine.
Nie podjęła tej decyzji z dziecinnego uporu.
Ce n'était pas non plus sa confiance en soi récemment acquise.
Nie była to również pewność siebie, którą niedawno nabyła.
La nouvelle confiance qu'elle avait acquise lui a permis de travailler si dur pour gagner.
Nowa pewność siebie, którą musiała tak ciężko wypracować, aby wygrać.
Même si personne ne s'attendait à ce qu'elle y parvienne.
Choć nikt nie spodziewał się, że będzie w stanie to zrobić.
Gregor avait vraiment besoin de beaucoup d'espace pour ramper.
Gregor rzeczywiście potrzebował dużo miejsca, żeby się czołgać.
Le mobilier ne faisait que réduire l'espace dont il disposait.
Meble ograniczały jedynie przestrzeń, jaką miał do dyspozycji.
Elle était capable de mieux voir ces choses que sa mère.
Ona widziała te rzeczy lepiej niż jej matka.
Mais peut-être que son esprit romantique a aussi joué un rôle.
Ale być może jej romantyczny duch również odegrał pewną rolę.
Les filles de cet âge acquièrent souvent un certain enthousiasme.

Dziewczęta w tym wieku często zyskują pewien entuzjazm.
Et ils éprouvent le besoin d'obtenir ce qu'ils veulent chaque fois qu'ils le peuvent.
I czują potrzebę stawiania na swoim, kiedy tylko mogą.
C'est peut-être pour cela qu'elle voulait le saboter en secret.
Być może dlatego chciała go potajemnie sabotować.
Il est encore plus terrifiant lorsqu'il rampe sur les murs.
Jest jeszcze straszniejszy, gdy pełza po ścianach.
Les parents n'osaient plus entrer dans la pièce.
Rodzice nie odważyli się już wejść do pokoju.
Elle serait véritablement la seule à prendre soin de son frère.
Byłaby jedyną opiekunką swojego brata.
Elle ne laissa pas sa mère la persuader du contraire.
Nie dała się namówić matce, żeby zmieniła zdanie.
La mère de Gregor se sentait déjà mal à l'aise dans la pièce.
Matka Gregora już czuła się nieswojo w pokoju.
Elle cessa bientôt de parler et aida de nouveau sa fille.
Wkrótce przestała mówić i ponownie pomogła córce.
Avec leurs forces restantes, ils ont enlevé l'armoire.
Resztkami sił usunęli szafę.
La commode, il pouvait s'en passer.
Komoda była czymś, bez czego mógł się obejść.
Mais le bureau allait devoir rester en place pour le moment.
Ale biurko musiało na razie pozostać na swoim miejscu.
Pendant l'absence des femmes, il tenta d'évaluer la pièce.
Kiedy kobiety odeszły, próbował rozejrzeć się po pomieszczeniu.
Et Gregor passa la tête sous le canapé.
I Gregor wystawił głowę spod kanapy.
Il devait voir ce qu'il pouvait faire face à la situation.
Musiał zobaczyć, co da się zrobić w tej sytuacji.
Mais il a été aussi prudent et attentionné que possible.
Ale był tak ostrożny i rozważny, jak to tylko możliwe.
Malheureusement, c'est la mère qui est revenue la première.
Niestety to matka wróciła pierwsza.
Grete était encore en train de déplacer l'armoire dans la pièce voisine.

Grete nadal przesuwała szafę w sąsiednim pokoju.

Mais la mère n'était pas habituée à la vue de Gregor.

Ale matka nie była przyzwyczajona do widoku Gregora.

Un simple aperçu de lui aurait pu la rendre malade.

Nawet jedno spojrzenie na niego mogło wywołać u niej chorobę.

Gregor recula précipitamment jusqu'à l'autre bout du canapé.

Gregor pospiesznie cofnął się na sam koniec sofy.

Mais il ne pouvait pas reculer et maintenir le drap en équilibre.

Ale nie mógł się cofnąć i utrzymać równowagi na prześcieradle.

Ce mouvement suffit à attirer l'attention de la mère.

Ruch wystarczył, aby zwrócić uwagę matki.

Elle marqua une pause et resta immobile un bref instant.

Zatrzymała się i przez krótką chwilę stała zupełnie nieruchomo.

Puis elle se retourna et sortit de la pièce.

Następnie odwróciła się i wyszła z pokoju.

Gregor se répétait sans cesse que rien d'inhabituel ne s'était produit.

Gregor cały czas powtarzał sobie, że nic niezwykłego się nie wydarzyło.

« Ce ne sont que quelques meubles qui ont été emportés. »

„To tylko trochę mebli, które zabrano."

Mais il dut bientôt admettre que ces événements l'avaient affecté.

Jednak wkrótce musiał przyznać, że wydarzenia te wywarły na niego wpływ.

Les femmes disaient tout ce qu'elles faisaient.

Kobiety opowiadały wszystko, co robiły.

Ils faisaient des allers-retours dans la pièce.

Chodzili tam i z powrotem po pokoju.

Le bruit des meubles qui grattent le sol.

Drapanie wszystkich mebli na podłodze.

Il avait l'impression d'être assailli de toutes parts.

Miał wrażenie, że jest atakowany ze wszystkich stron.
Il replia sa tête et ses jambes aussi fort qu'il le put.
Przyciągnął głowę i nogi tak mocno, jak tylko mógł.
De toutes ses forces, il plaqua son corps au sol.
Całą siłą przycisnął ciało do ziemi.
Il savait qu'il ne pourrait pas supporter tout cela encore longtemps.
Wiedział, że nie będzie w stanie znosić tego wszystkiego zbyt długo.
Ils ont vidé sa chambre et ont pris tout ce qu'il aimait.
Opróżnili jego pokój i zabrali wszystko, co kochał.
Ils avaient déjà pris la boîte contenant tous ses outils.
Zabrali już skrzynkę zawierającą wszystkie jego narzędzia.
Ils étaient en train de déloger son lourd bureau du sol.
Teraz odsuwali jego ciężkie biurko od podłogi.
Le bureau sur lequel il avait travaillé en rentrant du travail.
Biurko, przy którym pracował po powrocie z pracy.
Le bureau sur lequel il avait noté ses missions professionnelles.
Biurko, na którym pisał swoje zlecenia biznesowe.
Le bureau sur lequel il avait fait ses devoirs au collège.
Biurko, przy którym odrabiał lekcje w szkole średniej.
Oui, il avait déjà eu ce bureau à l'école primaire.
Tak, miał już to biurko w szkole podstawowej.
Il n'a vraiment pas eu le temps de vérifier leurs bonnes intentions.
Naprawdę nie miał czasu, żeby sprawdzić ich dobre intencje.
Bien qu'il ait presque oublié leur présence.
Choć niemal zapomniał, że i tak tam byli.
Parce qu'ils travaillaient en silence, épuisés.
Ponieważ pracowali w milczeniu, z powodu wyczerpania.
Ils étaient trop fatigués pour annoncer leurs mouvements maintenant.
Byli już zbyt zmęczeni, żeby ogłaszać swoje ruchy.
Il n'entendait que leurs lourds pas sur le sol.
Słyszał jedynie ich ciężkie kroki na podłodze.
À ce moment précis, ils étaient appuyés contre la boîte.

Właśnie w tym momencie opierali się o pudełko.
Et c'est alors que Gregor est sorti de sous le canapé.
I wtedy Gregor wyszedł spod kanapy.
Il a changé de direction à quatre reprises.
Czterokrotnie zmieniał kierunek biegu.
Il n'arrivait pas à se décider quel objet sauver en premier.
Nie mógł się zdecydować, który przedmiot trzeba zapisać jako
pierwszy.
Soudain, son attention fut attirée par le mur vide.
Nagle jego uwagę przykuła pusta ściana.
Ils ne lui avaient laissé que la photo de la dame en fourrure.
Wszystko, co mu zostawili, to zdjęcie kobiety w futrze.
Il rampa jusqu'à la photo pour coller son corps contre le sien.
Podszedł do obrazu i przytulił się do niej całym ciałem.
Et son corps masquait complètement la vue de la photo.
A jego ciało całkowicie zasłaniało widok na obraz.
Le verre le soutenait et apaisait son ventre brûlant.
Szkło podtrzymywało go i łagodziło jego gorący brzuch.
On ne pouvait plus lui enlever cette photo.
Tego zdjęcia nie dało się mu już odebrać.
Puis il tourna la tête vers la porte du salon.
Następnie odwrócił głowę w stronę drzwi salonu.
Il allait les regarder retourner dans la pièce.
Zamierzał obserwować, jak kobiety wracają do pokoju.
Et ils ne se reposèrent pas longtemps avant de revenir.
I nie odpoczywali długo, bo już wrócili.
Grete avait le bras autour de sa mère pour l'aider à marcher.
Grete objęła matkę ramieniem i pomogła jej chodzić.
**« Que prenons-nous maintenant ? » demanda Grete en
regardant autour d'elle.**
„Co teraz weźmiemy?" zapytała Greta i rozejrzała się dookoła.
À ce moment précis, son regard croisa celui de Gregor.
Właśnie w tym momencie jej wzrok spotkał się ze wzrokiem
Gregora.
Malgré le choc, elle a gardé son sang-froid.
Pomimo szoku zachowała przytomność umysłu.

Probablement uniquement à cause de la présence de sa mère.

Prawdopodobnie tylko ze względu na obecność matki.

Elle pencha le visage vers sa mère, lui cachant la vue.

Pochyliła twarz w stronę matki, zasłaniając jej widok.

Et puis elle dit, d'une voix tremblante et sans réfléchir :

A potem rzekła, choć drżąca i bezmyślna:

«Allez, on ne devrait pas retourner au salon ?»

„No, chodźmy, może wrócimy do salonu?"

Gregor comprenait aisément les intentions de sa sœur.

Gregor bez trudu zrozumiał intencje siostry.

Sa priorité absolue était de mettre sa mère en sécurité.

Jej priorytetem było zapewnienie bezpieczeństwa matce.

Mais ensuite, elle allait le poursuivre depuis le mur.

Ale potem miała zamiar go zepchnąć ze ściany.

« Eh bien, elle peut toujours essayer ! » pensa Gregor.

„Cóż, na pewno może spróbować!" – pomyślał w duchu Gregor.

Il s'assit fermement sur son tableau et ne le lâcha pas.

Mocno trzymał się swojego obrazu i nie odstępował go.

Il aurait préféré sauter au visage de sa sœur.

Wolałby rzucić się siostrze w twarz.

Mais les paroles de Grete avaient encore plus inquiété sa mère.

Ale słowa Grete zmartwiły jej matkę jeszcze bardziej.

Elle s'écarta pour voir ce qu'on lui cachait.

Odsunęła się, żeby zobaczyć, co przed nią ukrywano.

Et elle vit la tache brune sur le papier peint à fleurs.

I zobaczyła brązową plamę na kwiecistej tapecie.

Et elle a crié avant même de réaliser que c'était Gregor.

I krzyknęła, zanim jeszcze zdała sobie sprawę, że to Gregor.

« Oh mon Dieu ! » hurla-t-elle en tendant les bras.

„O Boże!" krzyknęła, wyciągając ramiona.

Et elle s'est effondrée sur le canapé comme si elle avait renoncé.

I opadła na kanapę, jakby się poddała.

« Gregor ! » cria sa sœur en levant le poing.

"Gregor!" krzyknęła siostra, unosząc pięść.

Et elle lui lança un regard long, dur et pénétrant.

I rzuciła mu długie, twarde i przenikliwe spojrzenie.

C'était la première fois qu'elle lui parlait directement.

To był pierwszy raz, kiedy rozmawiała z nim bezpośrednio.

Elle a couru dans la pièce voisine pour aller chercher des sels d'ammoniaque.

Pobiegła do sąsiedniego pokoju, aby przynieść sole trzeźwiące.

Elle devait ramener sa mère à la conscience.

Musiała przywrócić matce świadomość.

Gregor voulait aider, il pourrait sauvegarder la photo plus tard.

Gregor chciał pomóc, mógł zapisać zdjęcie później.

Mais il s'était solidement collé à la vitre.

Jednak on mocno przywarł do szkła.

Il a donc dû s'arracher à ce point en utilisant beaucoup de force.

Musiał więc użyć dużej siły, żeby się wyrwać.

Il courut lui aussi dans la pièce voisine, où se trouvait sa sœur.

On również pobiegł do sąsiedniego pokoju, gdzie znajdowała się siostra.

Autrefois, il aurait pu lui donner quelques conseils.

Dawniej mógłby jej udzielić jakiejś rady.

Mais à présent, il ne pouvait rien faire d'autre que rester là, impuissant, et regarder.

Ale teraz nie mógł nic zrobić, tylko stać bezczynnie i obserwować.

Elle fouilla dans le tiroir, ouvrant diverses bouteilles.

Przeszukała szufladę, otwierając różne butelki.

Et il lui faisait encore peur quand elle se retournait.

I nadal ją przerażał, gdy się odwracała.

Une bouteille est tombée par terre, s'est cassée et a éclaté.

Butelka spadła na podłogę, rozbiła się i rozpadła.

Un éclat de verre a frappé Gregor au visage et l'a blessé.

Odłamek szkła uderzył Gregora w twarz i go zranił.

La bouteille contenait une sorte de liquide caustique.

W butelce znajdowała się jakaś żrąca ciecz.

Et maintenant, le liquide corrosif brûlait le visage de Gregor.

A teraz żrąca ciecz paliła twarz Gregora.

Sa sœur, cependant, n'avait pas de temps à consacrer à Gregor pour le moment.

Siostra jednak nie miała teraz czasu dla Gregora.

Elle ramassa autant de bouteilles qu'elle put.

Zebrała tyle butelek, ile mogła.

Et elle est retournée en courant vers sa mère avec les médicaments.

I pobiegła z powrotem do matki z lekarstwem.

Elle claqua la porte du pied, empêchant Gregor d'entrer.

Zatrzasnęła drzwi nogą, zamykając Gregora przed wejściem.

Il était désormais coupé de sa mère, potentiellement mourante.

Został odcięty od swojej potencjalnie umierającej matki.

S'il ouvrait la porte, il chasserait sa sœur.

Gdyby otworzył drzwi, wypędziłby siostrę.

Mais bien sûr, elle devait rester pour s'occuper de sa mère.

Ale oczywiście musiała zostać, żeby zaopiekować się matką.

Il ne pouvait plus rien faire d'autre qu'attendre.

Teraz nie mógł już nic zrobić, tylko czekać na nich.

Rongé par les remords et l'anxiété, il se mit à ramper.

Dręczony wyrzutami sumienia i lękiem, zaczął się czołgać.

Il rampait partout : sur les murs, les meubles, le plafond.

Pełzał wszędzie: po ścianach, meblach, suficie.

Il avait l'impression que toute la pièce tournait autour de lui.

Miał wrażenie, że cały pokój wiruje wokół niego.

Finalement, désespéré et pris de vertiges, il retomba.

W końcu, w rozpaczy i zawrotach głowy, upadł z powrotem.

Et il est tombé directement sur la grande table de la salle à manger.

I upadł prosto na wielki stół w jadalni.

Il resta allongé là un certain temps, engourdi et incapable de bouger.

Leżał tam jakiś czas, otępiały i niezdolny do ruchu.

Il était épuisé par tout ce que cette journée lui avait apporté.
Był wyczerpany tym wszystkim, co przyniósł mu ten dzień.
Le silence régnait partout, mais c'était peut-être bon signe.
Wokół panowała cisza, ale może to był dobry znak.
Puis, brisant le silence, la sonnette retentit à l'extérieur.
Wtem ciszę przerwał dźwięk dzwonka do drzwi.
La bonne, bien sûr, s'était enfermée dans sa cuisine.
Służąca oczywiście zamknęła się w kuchni.
La sœur était donc la seule à pouvoir ouvrir la porte.
Więc siostra była jedyną osobą, która mogła otworzyć drzwi.
« Que s'est-il passé ? » fut la première question du père.
„Co się stało?" to było pierwsze pytanie, jakie zadał ojciec.
L'apparence de Grete lui avait probablement tout dit.
Wygląd Grety prawdopodobnie powiedział mu wszystko.
La voix de Grete devint étouffée et monotone tandis qu'elle parlait.
Głos Grety stawał się stłumiony i matowy, gdy mówiła.
Elle a dû enfouir son visage contre la poitrine de son père.
Musiała przycisnąć twarz do piersi ojca.
« Maman était inconsciente, mais elle va mieux maintenant. »
„Matka była nieprzytomna, ale teraz czuje się lepiej".
« Gregor s'est échappé », a-t-elle ajouté, ce à quoi il s'attendait.
„Gregor uciekł" – dodała, czego się spodziewał.
« Je vous l'ai toujours dit, il allait s'échapper un jour. »
Zawsze ci mówiłem, że pewnego dnia ucieknie.
« Mais vous, les femmes, vous ne vouliez pas m'écouter, n'est-ce pas ? »
„Ale wy, kobiety, nie chciałyście mnie słuchać, prawda?"
Gregor comprit rapidement comment son père verrait les choses.
Gregor szybko zdał sobie sprawę, jak postrzega tę sytuację jego ojciec.
Il avait mal interprété le message trop bref de Grete.
Błędnie zinterpretował zbyt krótką wiadomość Grete.
Il supposa que Gregor avait commis un acte de violence.

Założył, że Gregor dopuścił się jakiegoś aktu przemocy.

Gregor devait trouver un moyen d'apaiser son père d'une manière ou d'une autre.

Gregor musiał znaleźć sposób, aby w jakiś sposób udobruchać ojca.

Parce qu'il n'avait pas le temps de lui expliquer les choses.

Ponieważ nie miał czasu, żeby mu to wszystko wyjaśnić.

Mais de toute façon, il n'aurait pas été capable d'expliquer les choses.

Ale i tak nie byłby w stanie niczego wyjaśnić.

Il s'est donc enfui vers la porte et s'y est plaqué.

Więc pobiegł do drzwi i przywarł do nich.

Ainsi, son père pourrait le voir depuis l'antichambre.

W ten sposób ojciec mógł go widzieć z przedpokoju.

Et il pourrait constater qu'il avait les meilleures intentions.

I mógłby zobaczyć, że miał najlepsze intencje.

Il n'était pas nécessaire de le repousser avec un balai.

Nie było potrzeby popychać go miotłą.

Il aurait suffi que le père ouvre la porte.

Wszystko, co musiałby zrobić ojciec, to otworzyć drzwi.

Mais il n'était pas d'humeur à remarquer de telles subtilités.

Ale nie miał nastroju, by zauważać takie subtelności.

« Te voilà ! » s'exclama-t-il dès qu'il entra.

"Tam jesteś!" wykrzyknął, wchodząc.

C'était comme s'il était à la fois en colère et heureux.

Wyglądało na to, że był jednocześnie zły i szczęśliwy.

Il recula la tête et leva les yeux vers son père.

Odchylił głowę i spojrzał na ojca.

Il n'avait pas imaginé son père debout là, dans cette position.

Nie wyobrażał sobie, że jego ojciec będzie tam stał w ten sposób.

Mais ces derniers temps, il s'était trouvé une nouvelle distraction.

Jednak ostatnio znalazł nowe zajęcie.

Ramper occupait désormais une grande partie de sa journée.

Pełzanie zajmowało mu teraz większą część dnia.

Auparavant, il se tenait au courant de toutes les nouvelles dans l'appartement.

Wcześniej śledził wszystkie nowiny w mieszkaniu.

Mais ces derniers temps, il n'y avait pas prêté beaucoup d'attention.

Ale ostatnio nie zwracał na to aż tak dużej uwagi.

Il aurait dû se préparer à faire face aux changements.

Powinien być przygotowany na zmiany.

Pour autant, cet homme qui se tenait devant lui était-il encore son père ?

Czy jednak ów człowiek przed nim był nadal ojcem?

Était-ce le même homme qui avait l'habitude de rester allongé, fatigué, dans son lit ?

Czy to był ten sam człowiek, który kiedyś leżał zmęczony w łóżku?

Alors que Gregor était déjà parti en voyage d'affaires.

Kiedy Gregor był już w podróży służbowej.

Était-ce le même homme qui le saluait le soir ?

Czy to był ten sam mężczyzna, który witał go wieczorami?

Lorsqu'il était en robe de chambre, dans son fauteuil.

Gdy siedział w szlafroku i siedział w fotelu.

Était-ce le même homme qui n'avait pas pu se lever pour l'accueillir ?

Czy to był ten sam człowiek, który nie mógł wstać, aby go powitać?

Restant assis, il leva le bras en signe de joie.

Więc, pozostając w tym położeniu, podniósł rękę na znak radości.

Était-ce le même homme avec qui il faisait parfois des promenades ?

Czy to był ten sam mężczyzna, z którym od czasu do czasu spacerował?

Exceptionnellement : quelques dimanches par an, ou les jours fériés.

W rzadkich przypadkach: kilka niedziel w roku lub świąt.

Était-ce le même homme qui marchait, enveloppé dans son pardessus ?

Czy to był ten sam człowiek, który chodził owinięty w
płaszcz?

S'est-il lentement avancé, entre la mère et lui ?

Czy powoli posuwał się naprzód, między nim a matką?

Et ils marchaient déjà lentement à cause de lui.

A oni już szli powoli z jego powodu.

Mais à présent, cet homme se tenait droit et fort.

Ale teraz ten człowiek stał silny i wyprostowany.

Il portait un uniforme bleu à boutons dorés.

Ubrany był w niebieski mundur ze złotymi guzikami.

**Les badges que portent les employés des institutions
bancaires.**

Guziki, które noszą pracownicy instytucji bankowych.

**Au-dessus du col rigide, son double menton prononcé se
dessinait.**

Spod sztywnego kołnierza wyłaniał się jego wyraźny
podwójny podbródek.

**Sous ses sourcils broussailleux, ses yeux noirs fixaient le
vide.**

Spod krzaczastych brwi patrzyły jego czarne oczy.

À présent, ses yeux paraissaient perçants, frais et alertes.

Teraz jego oczy stały się przenikliwe, świeże i czujne.

**Les cheveux blancs, auparavant ébouriffés, étaient
désormais peignés.**

Wcześniej rozczochrane, białe włosy były zaczesane do tyłu.

**Et ses cheveux étaient désormais coiffés d'une raie centrale
méticuleuse.**

A jego włosy miały teraz starannie wycięty przedziałek
pośrodku.

Il jeta son chapeau, orné d'un monogramme en or.

Zrzucił kapelusz, na którym znajdował się złoty monogram.

**Il s'agissait probablement du monogramme de la banque
pour laquelle il travaillait.**

Prawdopodobnie był to monogram banku, w którym
pracował.

Et le chapeau atterrit sur le canapé, pour être rangé plus tard.

A kapelusz wylądował na sofie, żeby go później schować.

Il repoussa le bas de sa longue veste d'uniforme.
Odsunął dół długiej kurtki munduru.
Et il mit ses pouces dans les poches de son pantalon.
I włożył kciuki do kieszeni spodni.
Puis, le visage sombre, il s'avança vers Gregor.
A potem, z ponurą miną, podszedł do Gregora.
Il ne savait probablement même pas ce qu'il comptait faire.
Prawdopodobnie nawet nie wiedział, co zamierza zrobić.
Mais il leva néanmoins les pieds exceptionnellement haut.
Mimo wszystko podniósł stopy niezwykle wysoko.
Gregor était stupéfait par la taille énorme de ses bottes.
Gregor był zdumiony ogromem swoich butów.
Mais il n'y avait vraiment pas le temps de s'extasier devant
ses chaussures.
Ale nie było czasu na podziwianie jego butów.
Le père avait opté pour une discipline très stricte.
Ojciec zdecydował się na bardzo surową dyscyplinę.
Seule la plus grande sévérité convenait à Gregor.
Dla Gregora odpowiednia była tylko najwyższa surowość.
Il le savait dès le premier jour de sa transformation.
Wiedział o tym już pierwszego dnia swojej transformacji.
Il courut vers son père et s'arrêta quand celui-ci s'arrêta.
Pobiegł do ojca i zatrzymał się, gdy ten się zatrzymał.
Il se précipita de nouveau vers lui lorsqu'il bougea à
nouveau.
Gdy ten znów się poruszył, pobiegł w jego stronę.
Le père marqua une pause, et Gregor fit de même.
Ojciec na chwilę się zatrzymał, Gregor również.
Et il se précipita de nouveau en avant dès que son père eut
bougé.
I rzucił się naprzód znowu, gdy tylko jego ojciec się poruszył.
Ils firent ainsi plusieurs fois le tour de la pièce.
W ten sposób okrążyli pokój kilka razy.
Aucun avantage décisif n'avait encore été obtenu par qui
que ce soit.
Nikt jeszcze nie uzyskał decydującej przewagi.
On n'aurait pas pu avoir l'impression d'une poursuite.

Nie można było odnieść wrażenia pościgu.
Parce que tout l'événement se déroulait beaucoup trop lentement.
Ponieważ całe wydarzenie odbywało się zdecydowanie za wolno.
Gregor avait décidé de rester au sol.
Gregor postanowił, że zostanie na ziemi.
Il aurait pu courir le long des murs et du plafond.
Mógł biegać po ścianach i wzdłuż sufitu.
Mais il ne voulait pas provoquer inutilement le père.
Ale nie chciał niepotrzebnie prowokować ojca.
Une telle évasion aurait pu paraître particulièrement perverse.
Taka ucieczka mogła wydawać się szczególnie niegodziwa.
Gregor admit que cette poursuite ne pourrait pas durer beaucoup plus longtemps.
Gregor przyznał, że ten pościg nie może trwać dłużej.
Chaque étape nécessitait une myriade de mouvements.
Każdy krok musiał wiązać się z niezliczoną ilością ruchów.
Il commençait déjà à avoir le souffle court.
Zaczynał już odczuwać zadyszkę.
Même avant cela, il n'avait jamais eu des poumons totalement fiables.
Już wcześniej nie miałem płuc, na których mogłem całkowicie polegać.
Il avançait en titubant, économisant ses forces pour la course.
Szedł chwiejnie, oszczędzając siły na bieg.
Il était si fatigué qu'il avait du mal à garder les yeux ouverts.
Był tak zmęczony, że ledwo mógł utrzymać otwarte oczy.
Ses pensées étaient devenues trop lentes pour qu'il puisse envisager d'autres solutions.
Jego myśli stały się zbyt powolne, by mógł wymyślić inne sposoby ucieczki.
Il avait presque oublié que les murs étaient à sa disposition.
Prawie zapomniał, że ma dostęp do ścian.

Mais les murs étaient de toute façon dissimulés derrière des meubles.
Ale ściany i tak były ukryte za meblami.
Et les meubles avaient trop d'encoches et de saillies.
A meble miały za dużo wycięć i wystających elementów.
Et puis, juste à côté de lui, en roulant, il y avait une pomme.
A potem, tuż obok niego, toczyło się jabłko.
Il réalisa que la pomme avait dû lui être lancée.
Uświadomił sobie, że ktoś musiał rzucić w niego jabłkiem.
Mais il n'eut pas le temps de réfléchir qu'une autre pomme arriva.
Ale nie zdążył się zastanowić, bo oto pojawiło się kolejne jabłko.
Gregor resta figé, sous le choc de la nouvelle stratégie de son père.
Gregor zamarł zszokowany nową strategią ojca.
Il ne pouvait plus rien gagner à essayer de fuir.
Nie mógł już nic zyskać próbując uciekać.
Le père avait décidé de le bombarder de fruits.
Ojciec postanowił bombardować go owocami.
Il avait rempli ses poches avec les fruits du bol de la cuisine.
Napełnił kieszenie owocami z miski w kuchni.
Sans viser particulièrement, il lançait pomme après pomme.
Rzucał jabłkiem za jabłkiem, nie celując specjalnie.
Ces petites pommes rouges roulaient sur le sol.
Te małe czerwone jabłka toczyły się po ziemi.
Comme électrifiées, les pommes se heurtèrent les unes aux autres.
Jabłka uderzały o siebie, jakby były porażone prądem.
Une des pommes, lancée mollement, a effleuré le dos de Gregor.
Jedno z niedbale rzuconych jabłek musnęło plecy Gregora.
Heureusement pour lui, la pomme a glissé sans le blesser.
Na szczęście dla niego jabłko spadło bez szwanku.
Cependant, la pomme lancée ensuite était plus précise.
Jednakże jabłko rzucone później było bardziej celne.

Et cette pomme s'est logée profondément dans le dos de Gregor.

A to jabłko utkwiło głęboko w plecach Gregora.

Gregor voulait s'éloigner de la douleur.

Gregor chciał oderwać się od bólu.

Peut-être pourrait-on échapper à cette nouvelle douleur inimaginable.

Być może uda się uniknąć tego nowego, niewiarygodnego bólu.

Un changement d'endroit pourrait peut-être soulager son supplice.

Być może zmiana miejsca zamieszkania złagodziłaby jego cierpienie.

Mais il avait l'impression d'être cloué au sol.

Ale miał wrażenie, że został przybity do podłogi.

Il s'étira, mais seulement à cause de sa confusion.

Wyciągnął się, ale tylko dlatego, że był zdezorientowany.

Ce n'est qu'à son dernier regard qu'il vit la porte s'ouvrir.

Dopiero ostatnim spojrzeniem zobaczył, że drzwi się otwierają.

La mère s'est précipitée devant sa sœur qui hurlait.

Matka wybiegła przed krzyczącą siostrę.

Sa sœur l'avait déshabillée, elle était donc encore en chemise.

Siostra ją rozebrała, więc została w samej koszuli.

Elle avait besoin de respirer pendant son inconscience.

Potrzebowała chwili wytchnienia w swojej nieświadomości.

Il voyait encore la mère courir vers le père.

Widział jeszcze, jak matka biegnie w stronę ojca.

Ses jupes glissèrent au sol, l'une après l'autre.

Jej spódnice jedna po drugiej osuwały się na ziemię.

Il la vit s'approcher du père et trébucher sur sa jupe.

Zobaczył, jak podchodzi do ojca i potknęła się o spódnicę.

L'enlaçant, elle demanda qu'on épargne la vie de Gregor.

Przytuliła go i poprosiła o darowanie życia Gregorowi.

En parfaite harmonie avec son corps, sa vue s'est éteinte.

W całkowitym zjednoczeniu ze swoim ciałem, stracił wzrok.

Troisième partie
Część trzecia

Gregor a souffert de cette grave blessure pendant plus d'un mois.
Gregor cierpiał na ciężką kontuzję przez ponad miesiąc.
La pomme restait incrustée ; personne n'osait l'enlever.
Jabłko pozostało osadzone w środku; nikt nie odważył się go wyjąć.
La pomme restait plantée dans sa chair comme un rappel visible.
Jabłko pozostało w jego ciele jako widoczna pamiątka.
Mais la pomme servait aussi de rappel au père.
Ale jabłko było również przypomnieniem dla ojca.
Il comprit que Gregor ne devait pas être traité comme un ennemi.
Zdał sobie sprawę, że Gregora nie należy traktować jak wroga.
Actuellement, son apparence pourrait être triste et repoussante.
Obecnie jego wygląd może być smutny i odrażający.
Mais il restait néanmoins un membre de leur famille.
Mimo wszystko nadal był członkiem ich rodziny.
Il a fallu accepter et tolérer cette réticence.
Trzeba było przełknąć i tolerować tę niechęć.
En raison de sa blessure, il risque fort de perdre sa mobilité à jamais.
Z powodu odniesionych obrażeń może utracić na zawsze możliwość poruszania się.
Il continuait à ramper dans sa chambre, mais beaucoup plus lentement.
Nadal poruszał się na czworakach po swoim pokoju, ale znacznie wolniej.
Ramper à une quelconque hauteur était hors de question.
Pełzanie na jakiejkolwiek wysokości nie wchodziło w grę.
Mais Gregor a bien reçu une forme de compensation.
Gregor otrzymał jednak jakąś formę rekompensaty.
Le soir, la porte du salon lui fut ouverte.

Wieczorem otworzono mu drzwi do salonu.
Et il estimait que ces réparations étaient tout à fait adéquates.
Uważał, że te reparacje były całkowicie wystarczające.
Avant le soir, il avait déjà commencé à surveiller la porte.
Jeszcze przed wieczorem zaczął obserwować drzwi.
Il était allongé dans l'obscurité, invisible depuis le salon.
Leżał w ciemnościach, niewidoczny z salonu.
Il pouvait voir toute la famille à la table illuminée.
Widział całą rodzinę siedzącą przy oświetlonym stole.
Il était désormais autorisé à écouter leurs conversations.
Teraz pozwolono mu podsłuchiwać ich rozmowy.
C'était très différent de leur arrangement précédent.
To było zupełnie inne rozwiązanie od ich poprzedniego.
Les conversations animées d'autrefois étaient terminées.
Ożywione rozmowy dawnych czasów dobiegły końca.
C'étaient ces conversations qu'il désirait tant.
To były rozmowy, za którymi tak tęsknił.
Lorsqu'il dormait seul dans de petites chambres d'hôtel.
Kiedy spał sam w małych pokojach hotelowych.
Quand il a dû se jeter dans les draps humides.
Kiedy musiał rzucić się w wilgotną pościel.
Mais les soirées étaient désormais généralement calmes et sans incident.
Ale wieczory były teraz przeważnie spokojne i pozbawione wydarzeń.
Le père s'est endormi dans son fauteuil après le dîner.
Ojciec po obiedzie zasnął w fotelu.
Et la mère et la sœur s'exhortaient mutuellement à se taire.
A matka i siostra namawiały się wzajemnie do milczenia.
La mère, penchée très haut sur la lampe, cousait du lin.
Matka, pochylając się nad światłem, szyła len.
Elle confectionne maintenant des robes pour l'un des magasins de mode.
Teraz szyje sukienki dla jednego ze sklepów z modą.
Comme Gregor, sa sœur avait trouvé un emploi de vendeuse.

Podobnie jak Gregor, siostra podjęła pracę jako sprzedawczyni.

Elle apprenait la sténographie et le français le soir.

Wieczorami uczyła się stenografii i języka francuskiego.

Afin qu'elle puisse peut-être obtenir un meilleur poste plus tard.

Żeby później móc dostać lepszą pracę.

Parfois, le père se réveillait de sa sieste du soir.

Czasami ojciec budził się po wieczornej drzemce.

« Chérie, tu as déjà cousu tellement longtemps aujourd'hui ! »

"Kochanie, już tak długo dzisiaj szyłaś!"

Il semblait avoir oublié qu'il dormait.

Wydawało się, że zapomniał, że spał.

Mais il retombait aussitôt dans son sommeil.

Jednak natychmiast znów zapadł w sen.

Et la mère et la sœur s'échangèrent un sourire las.

A matka i siostra uśmiechnęły się do siebie ze zmęczeniem.

Le père avait développé une étrange nouvelle obstination.

U ojca rozwinęła się dziwna, nowa upartość.

Même chez lui, il refusait d'enlever son uniforme de domestique.

Nawet w domu odmawiał zdjęcia munduru służącego.

Et son peignoir pendait inutilement sur le cintre.

A jego szlafrok wisiał bezużytecznie na wieszaku.

Le père dormit donc, tout habillé, dans son fauteuil.

Więc ojciec spał, całkowicie ubrany, w swoim fotelu.

C'était comme s'il était toujours prêt à rendre service.

Wyglądało na to, że zawsze był gotowy do służby.

Comme s'il attendait simplement la voix de son supérieur.

Jakby czekał tylko na głos swojego przełożonego.

Cela a eu pour conséquence que son uniforme a perdu sa propreté.

Spowodowało to, że jego mundur stracił czystość.

Bien que l'uniforme ne fût pas neuf lorsqu'il l'a reçu.

Choć mundur też nie był nowy, kiedy go dostał.

Et la mère faisait de son mieux pour prendre soin de
l'uniforme.
A matka starała się jak mogła dbać o mundur.
Gregor passait des soirées entières à contempler cet
uniforme.
Gregor spędzał całe wieczory oglądając ten mundur.
Il observa le vieil homme dormir très mal.
Przyglądał się, jak starzec śpi w bardzo niewygodnych
warunkach.
Mais dans son sommeil, il remarqua aussi quelque chose de
paisible.
Ale we śnie dostrzegł też coś spokojnego.
Lorsque l'horloge a sonné dix heures, la mère a essayé de le
réveiller.
Gdy zegar wybił dziesiątą, matka próbowała go obudzić.
Elle lui parla doucement et le persuada d'aller se coucher.
Mówiła cicho i przekonała go, żeby poszedł spać.
Parce que dormir sur un fauteuil, ce n'était pas du vrai
sommeil.
Ponieważ spanie w fotelu nie było prawdziwym snem.
Il allait devoir commencer à travailler à six heures.
Musiał zaczynać pracę o szóstej.
Il avait donc vraiment besoin de dormir le mieux possible.
Więc naprawdę potrzebował jak najlepszego snu.
Mais il était pris d'une nouvelle forme d'obstination.
Jednak ogarnęła go nowa forma uporu.
Le fait de devenir serviteur avait commencé à avoir cet effet
sur lui.
Rola służącego zaczęła mieć na niego taki wpływ.
Il insistait donc toujours pour rester plus longtemps à table.
Dlatego zawsze nalegał, żeby zostać przy stole dłużej.
Bien qu'il se rendormît régulièrement dans son fauteuil.
Choć regularnie zasypiał na krześle.
Et il ne pouvait être déplacé qu'avec la plus grande
difficulté.
A jego ruchy były utrudnione jedynie z wielkim trudem.
Il a fallu lui dire que ce lit lui conviendrait mieux.

Trzeba mu było powiedzieć, że łóżko będzie dla niego
lepszym rozwiązaniem.
**La mère et la sœur ont dû insister, malgré quelques
avertissements.**
Matka i siostra musiały nalegać, udzielając krótkich ostrzeżeń.
**Pendant quinze minutes, il se contenta de secouer lentement
la tête.**
Przez piętnaście minut tylko powoli pokręcił głową.
Et il garda les yeux fermés et refusa de se lever.
I trzymał oczy zamknięte i nie chciał wstać.
La mère tira doucement, mais fermement, sur sa manche.
Matka pociągnęła go za rękaw, delikatnie, ale stanowczo.
**Et elle lui murmurait des mots flatteurs à l'oreille, encore
fatiguée.**
I szeptała mu do zmęczonych uszu pochlebne słowa.
La sœur a interrompu sa tâche pour aider sa mère.
Siostra zrezygnowała z wykonywania swoich obowiązków,
aby pomóc matce.
Mais aucun de leurs efforts n'a fonctionné sur le père.
Ale żadne z ich działań nie odniosło skutku w przypadku
ojca.
**Il s'enfonça encore plus profondément dans son fauteuil,
prêt à dormir.**
Zapadł się jeszcze głębiej w fotel, przygotowując się do snu.
Et finalement, les femmes l'ont attrapé sous les aisselles.
A na koniec kobiety chwyciły go pod pachy.
Il ouvrit les yeux et les regarda tour à tour.
Otworzył oczy i spojrzał na nie na zmianę.
« Quelle vie ! » se plaignit-il en allant se coucher.
„Co za życie" – poskarżył się, kładąc się spać.
« Est-ce là la paix qui m'a été accordée dans ma vieillesse ? »
„Czy to jest spokój, który otrzymałem na starość?"
**Mais alors, s'appuyant sur les deux femmes, il se leva
maladroitement.**
Ale potem, opierając się o dwie kobiety, podniósł się
niezręcznie.
Il agissait comme s'il portait le fardeau le plus lourd.

Zachowywał się tak, jakby dźwigał najcięższy ciężar.

Il laissa les deux femmes le conduire au fond de la pièce.

Pozwolił kobietom zaprowadzić się na koniec pokoju.

Là, il leur souhaita bonne nuit et poursuivit son chemin seul.

Tam życzył im dobrej nocy i poszedł dalej swoją drogą.

Mais la mère jeta précipitamment son nécessaire à couture.

Ale matka w pośpiechu rzuciła swój zestaw do szycia.

Et la sœur posa elle aussi le stylo et le bloc-notes.

A siostra także odłożyła długopis i notatnik.

Et ils coururent derrière le père pour l'aider davantage.

I pobiegli za ojcem, aby mu pomóc.

Qui, dans cette famille surmenée, avait du temps à consacrer à Gregor ?

Kto w tej zapracowanej rodzinie miał czas dla Gregora?

Qui aurait pu lui accorder plus d'attention que nécessaire ?

Kto mógłby poświęcić mu więcej uwagi, niż było to konieczne?

Le budget des ménages est devenu de plus en plus restreint.

Budżet domowy stawał się coraz bardziej ograniczony.

Finalement, pour faire des économies, ils ont dû licencier la bonne.

W końcu, aby zaoszczędzić pieniądze, musieli zwolnić służącą.

Elle fut remplacée par une femme à la carrure imposante et aux cheveux blancs.

Zastąpiła ją gruba, siwowłosa kobieta.

Mais cette femme ne venait que le matin et le soir.

Ale ta kobieta przychodziła tylko rano i wieczorem.

Et tout le travail le plus lourd et le plus pénible lui avait été réservé.

A najcięższa i najcięższa praca została dla niej pozostawiona.

Toutes les autres tâches ménagères étaient prises en charge par la mère.

Wszystkimi innymi obowiązkami zajmowała się matka.

Il est même arrivé que plusieurs bijoux de famille soient vendus.

Zdarzyło się nawet, że sprzedano różne rodzinne klejnoty.

Des bijoux que les femmes avaient portés avec joie lors des festivités.
Biżuteria, którą kobiety chętnie nosiły w czasie uroczystości.
Gregor a appris cela lors d'une discussion générale.
Gregor dowiedział się o tym podczas jednej z ogólnych dyskusji.
Le principal grief, cependant, portait sur autre chose.
Największą skargą było jednak coś innego.
L'appartement était trop grand, mais ils ne pouvaient pas déménager.
Mieszkanie było za duże, ale nie mogli się z niego wyprowadzić.
Il était impossible de déplacer Gregor.
Nie było możliwości przeniesienia Gregora.
Mais Gregor comprit que ce n'était pas seulement une question de considération.
Ale Gregor zdał sobie sprawę, że nie chodzi tu tylko o względy.
Quelque chose d'autre les a empêchés de déménager ailleurs.
Coś innego powstrzymało ich przed przeprowadzką gdzie indziej.
Il aurait facilement pu être transporté dans une caisse appropriée.
Mógł być z łatwością transportowany w odpowiednim pudełku.
Leur sentiment de désespoir total les a paralysés.
Poczucie całkowitej beznadziei ich powstrzymało.
Ils ne voulaient pas admettre que le malheur les avait frappés.
Nie chcieli przyznać, że spotkało ich nieszczęście.
Ils ont accompli ce que le monde exige des pauvres.
To, czego świat wymagał od biednych ludzi, oni spełnili.
Le père a apporté le petit déjeuner au jeune employé de banque.
Ojciec przygotował śniadanie dla małego urzędnika bankowego.

La mère s'est sacrifiée pour laver le linge d'inconnus.
Matka poświęciła się, aby prać rzeczy obcych ludzi.
La sœur faisait des allers-retours pour prendre les commandes des clients.
Siostra biegała tam i z powrotem, żeby zbierać zamówienia od klientów.
Mais ils n'avaient tout simplement plus la force d'en faire plus.
Ale nie mieli już sił, żeby zrobić coś więcej.
La blessure dans le dos de Gregor commença à le faire encore plus souffrir.
Rana na plecach Gregora zaczęła boleć jeszcze bardziej.
Chaque soir, la mère et la sœur amenaient le père au lit.
Każdej nocy matka i siostra odprowadzały ojca do łóżka.
Ils laissèrent leur travail où il était et s'assirent ensemble.
Zostawili swoją pracę tam, gdzie była i usiedli razem.
Ils se rapprochèrent et s'assirent joue contre joue.
I zbliżyli się do siebie i usiedli policzek w policzek.
La mère désigna la pièce d'où il observait.
Matka wskazała na pokój, z którego obserwował.
« Pourriez-vous fermer la porte ? » demanda-t-elle à sa sœur.
„Czy mogłabyś zamknąć drzwi?" – zapytała siostrę.
Et Gregor se retrouva de nouveau seul dans le noir.
I wtedy Gregor znów został sam w ciemnościach.
Et dans la pièce voisine, la femme mêla leurs larmes.
A w sąsiednim pokoju kobieta mieszała swoje łzy.
Ou bien ils restaient assis, les yeux secs, fixant simplement la table.
Albo siedzieli bez łez w oczach, po prostu wpatrując się w stół.
Gregor ne dormait pratiquement pas, ni la nuit ni le jour.
Gregor w ogóle nie spał, ani w dzień, ani w nocy.
Il réfléchissait souvent à la façon dont il pourrait aider sa famille.
Często myślał o tym, jak mógłby pomóc rodzinie.
Il songea à gagner à nouveau de l'argent pour eux.
Myślał o tym, żeby znowu zarabiać dla nich pieniądze.

Il songea à faire ce qu'il faisait autrefois pour eux.
Myślał o zrobieniu tego, co kiedyś dla nich robił.
Le représentant autorisé lui revint dans ses pensées.
W jego myślach pojawił się ponownie upoważniony
przedstawiciel.
Et cette fois, le patron est également venu à l'appartement.
I tym razem szef także przyszedł do mieszkania.
Et les commis et les apprentis étaient là aussi.
Byli tam także urzędnicy i praktykanci.
Même le domestique un peu simplet est venu le voir.
Nawet tępy służący przyszedł go odwiedzić.
Il y avait deux ou trois amis d'autres entreprises.
Było tam dwóch lub trzech przyjaciół z innych branż.
Une des femmes de chambre d'un hôtel de province.
Jedna z pokojówek z hotelu na prowincji.
**Un souvenir précieux et fugace auquel il s'efforçait de
s'accrocher.**
Drogie i ulotne wspomnienie, którego próbował się trzymać.
**Une caissière d'une chapellerie pour laquelle il avait des
intentions.**
Kasjer ze sklepu z kapeluszami, wobec którego miał zamiar
coś zrobić.
Mais il avait été un peu trop lent à obtenir son approbation.
Jednak był odrobinę za wolny, żeby zdobyć jej aprobatę.
Ils lui apparurent tous, mêlés à des inconnus.
Wszyscy oni pojawili się w jego myślach, wymieszani z
obcymi.
Et d'autres n'apparurent pas ; ils étaient déjà oubliés.
A inni się nie pojawili; zostali już zapomniani.
Mais ils ne l'ont pas aidé, ni lui, ni sa famille.
Ale oni nie pomogli jemu, ani jego rodzinie.
**Ils étaient inaccessibles, et il était content quand ils sont
partis.**
Były niedostępne i cieszył się, że odeszły.
Il n'était pas toujours d'humeur à se soucier de sa famille.
Nie zawsze miał ochotę martwić się o rodzinę.
Et il était rempli de rage à cause de ce manque d'attention.

A brak uwagi napełniał go wściekłością.
Et il ne pouvait imaginer rien qui puisse lui faire envie.
I nie potrafił sobie wyobrazić niczego, na co miałby ochotę.
Mais il avait tout de même prévu de cambrioler le garde-manger.
Ale nadal planował włamanie się do spiżarni.
Et il allait prendre tout ce qui lui était dû.
I zamierzał odebrać wszystko, na co zasłużył.
Sa sœur ne faisait plus aucun effort particulier pour lui.
Siostra nie podejmowała już wobec niego żadnych szczególnych starań.
Elle ne consacrait plus de temps à chercher à lui plaire.
Nie traciła już czasu na rozmyślanie o tym, jak mu sprawić przyjemność.
Avant d'aller travailler, elle a rapidement glissé de la nourriture dans la pièce.
Przed pracą szybko wsunęła trochę jedzenia do pokoju.
Et le soir venu, elle a rapidement ramassé les restes.
A wieczorem znowu szybko pozbierała resztki jedzenia.
Elle ne faisait plus attention à savoir s'il avait mangé ou non.
Nie zwracała już uwagi na to, czy jadł, czy nie.
Le plus souvent, la nourriture restait intacte.
Coraz częściej zdarzało się, że jedzenie pozostawało nietknięte.
Elle continuait de traverser la pièce rapidement le soir.
Wieczorami nadal szybko przemieszczała się po pokoju.
Mais maintenant, elle se contentait du strict minimum, aussi vite que possible.
Ale teraz zrobiła absolutne minimum, tak szybko, jak to możliwe.
Des traînées de saleté jonchaient les murs.
Wzdłuż ścian pozostały smugi brudu.
Des boules de poussière et de détritus jonchaient le sol.
Na podłodze leżały kule kurzu i śmieci.
Gregor manifesta son désapprobation face à son manque d'attention.
Gregor wyraził swoją dezaprobatę wobec jej braku opieki.

Il se tourna selon un angle particulièrement significatif.
Obrócił się pod szczególnie znaczącym kątem.
Mais il aurait pu rester à ce poste pendant des semaines.
Mógł jednak pełnić tę funkcję przez wiele tygodni.
Sa sœur n'aurait pas remarqué son mécontentement.
Jego siostra nie zauważyłaby jego niezadowolenia.
Elle voyait la saleté aussi bien que lui, voire mieux.
Widziała brud równie dobrze jak on, jeśli nie lepiej.
Mais elle avait décidé de laisser la saleté où elle était.
Ale ona postanowiła zostawić ziemię tam, gdzie była.
À cette époque, elle a développé une sensibilité totalement nouvelle.
Wtedy zyskała zupełnie nową wrażliwość.
Elle s'était donné pour mission de nettoyer la chambre de Gregor.
Uczyniła sprzątanie pokoju Gregora swoją odpowiedzialnością.
La famille a été touchée par sa gentillesse et sa prévenance.
Rodzina była wzruszona jej życzliwością i troskliwością.
Une fois, sa mère avait nettoyé sa chambre de fond en comble.
Pewnego razu matka gruntownie posprzątała jego pokój.
Ce n'est qu'après avoir utilisé plusieurs seaux d'eau qu'elle a réussi.
Udało jej się to dopiero po użyciu kilku wiader wody.
Cependant, l'humidité nouvelle dans la pièce a nui à Gregor.
Jednak wilgoć, która pojawiła się w pokoju, zaszkodziła Gregorowi.
Et il gisait, étendu de tout son long, amer et immobile sur le canapé.
I leżał szeroki, gorzki i nieruchomy na sofie.
Mais ce n'était que sa première punition pour avoir aidé.
Ale to była dopiero pierwsza kara za pomoc.
La sœur remarqua rapidement le changement dans la chambre de Gregor.
Siostra szybko zauważyła zmianę w pokoju Gregora.
Et elle s'est précipitée dans le salon, extrêmement insultée.

I pobiegła do salonu, strasznie obrażona.
Sa mère leva les mains et tenta de la supplier.
Jej matka podniosła ręce i próbowała ją błagać.
Mais malgré une explication sincère, elle a éclaté en sanglots.
Jednak pomimo szczerych wyjaśnień, wybuchnęła płaczem.
Le père, bien sûr, sursauta et se leva de sa chaise.
Ojciec oczywiście podskoczył i poderwał się z krzesła.
Et les deux parents regardaient, stupéfaits et impuissants.
A rodzice patrzyli zdumieni i bezradni.
Et finalement, leurs émotions s'agitèrent elles aussi.
A z czasem ich emocje również uległy pobudzeniu.
Le père a reproché à la mère ce qu'elle avait fait.
Ojciec zganił matkę za to, co zrobiła.
« Tu aurais dû laisser la chambre à Grete pour qu'elle la nettoie. »
"Powinieneś był zostawić pokój Grete do posprzątania."
Grete a crié sur sa mère parce qu'elle avait nettoyé sa chambre.
Grete nakrzyczała na matkę za posprzątanie jej pokoju.
«Tu n'as plus jamais le droit de nettoyer sa chambre !»
"Nigdy więcej nie będziesz mieć prawa sprzątać jego pokoju!"
La mère a essayé d'entraîner le père dans la chambre.
Matka próbowała zaciągnąć ojca do sypialni.
La sœur resta seule dans la pièce, tremblante et sanglotant.
Siostra została w pokoju, trzęsąc się i szlochając.
Et elle frappa la table avec ses petits poings.
I zaczęła walić pięściami w stół.
Et Gregor siffla bruyamment de colère contre eux tous.
A Gregor głośno syknął ze złości na wszystkich.
Pourquoi personne n'avait-il pensé à lui fermer la porte ?
Dlaczego nikt nie pomyślał, żeby zamknąć mu drzwi?
Ils auraient pu lui épargner ce spectacle et ce bruit.
Mogli mu oszczędzić tego widoku i hałasu.
Sa sœur était épuisée après être rentrée du travail.
Siostra była wyczerpana po powrocie z pracy.

Et s'occuper de Gregor représentait encore plus de travail pour elle.
A opieka nad Gregorem wymagała od niej jeszcze więcej pracy.
Mais cela ne signifie pas que la mère aurait dû le faire.
Ale to nie znaczy, że matka powinna była to zrobić.
Gregor, en revanche, ne doit pas être négligé.
Gregora natomiast nie można zaniedbywać.
Mais maintenant, ils avaient une nouvelle bonne qui pouvait faire ce genre de choses.
Ale teraz mieli nową służącą, która potrafiła robić takie rzeczy.
Une veuve âgée à la charpente osseuse robuste.
Starsza wdowa o mocnej budowie kości.
Une stature qui l'a aidée à survivre à sa vie difficile.
Ta postawa pomogła jej przetrwać trudne życie.
L'apparence de Gregor ne lui déplaisait pas vraiment.
Nie czuła żadnej niechęci do wyglądu Gregora.
Elle avait ouvert la porte de la chambre de Gregor par inadvertance.
Przypadkowo otworzyła drzwi do pokoju Gregora.
Ce n'était pas par curiosité particulière à propos de la pièce.
Nie wynikało to z jakiejś szczególnej ciekawości dotyczącej tego pokoju.
Elle faisait simplement son travail et a ouvert la porte par hasard.
Po prostu wykonywała swoją pracę i przypadkiem otworzyła drzwi.
Gregor, bien sûr, fut complètement surpris par elle.
Gregor oczywiście był nią całkowicie zaskoczony.
Il n'était pas poursuivi, mais il courait d'avant en arrière.
Nikt go nie gonił, ale biegał tam i z powrotem.
Elle croisa simplement les bras et le regarda ramper.
A ona po prostu skrzyżowała ramiona i patrzyła, jak on się czołga.
Depuis lors, elle lui entrouvrait toujours un peu la porte.
Od tamtej pory zawsze uchylała mu drzwi.

Un matin, elle a jeté un coup d'œil pour voir comment il allait.

Pewnego ranka zajrzała do środka, żeby zobaczyć, jak się czuje.

Et le soir, elle est allée prendre de ses nouvelles avant de partir.

Wieczorem, przed wyjściem, zajrzała do niego.

Au début, elle a aussi essayé de l'appeler pour qu'il vienne la rejoindre.

Na początku ona także próbowała do niego zadzwonić i poprosić, żeby do niej przyszedł.

« Viens par ici, vieux bousier ! » disait-elle.

„Podejdź tu, stary żuku gnojowy!" – mawiała.

Ou bien elle disait, amicalement : « Regardez ce vieux bousier ! »

Albo mówiła przyjaźnie: „Spójrz na tego starego chrząszcza gnojaka!".

Gregor n'a jamais réagi lorsqu'on lui parlait de cette façon.

Gregor nigdy nie reagował na takie uwagi.

Il resta là, immobile, et l'ignora.

Pozostał tam, bez ruchu, ignorując ją.

« Si seulement on lui avait expliqué comment faire correctement son travail. »

„Gdyby tylko powiedziano jej, jak właściwie wykonywać swoją pracę".

« Au lieu de me déranger, elle devrait nettoyer ma chambre. »

Zamiast mi przeszkadzać, powinna posprzątać mój pokój.

Tôt le matin, une forte pluie a frappé les fenêtres.

Pewnego poranka ulewny deszcz uderzył w okna.

Peut-être la pluie était-elle déjà un signe du printemps à venir.

Być może deszcz był już oznaką nadchodzącej wiosny.

La bonne recommença à lui parler de cette façon.

Służąca zaczęła znowu do niego w ten sposób mówić.

Gregor était tellement amer qu'il se tourna vers elle.

Gregor był tak rozgoryczony, że odwrócił się do niej twarzą.

Il était lent et infirme, mais c'était une sorte d'attaque.
Był powolny i słaby, ale to był swego rodzaju atak.
La bonne, en revanche, n'avait absolument pas peur de Gregor.
Służąca jednak wcale nie bała się Gregora.
Au lieu de cela, elle souleva une chaise qui se trouvait près de la porte.
Zamiast tego podniosła krzesło, które stało blisko drzwi.
Et elle resta là, calmement, la bouche grande ouverte.
I stała tam spokojnie, z szeroko otwartymi ustami.
Ses intentions étaient claires, même Gregor pouvait le voir.
Jej intencje były jasne, nawet Gregor to dostrzegł.
Et il se retourna lentement pour reprendre sa position initiale.
I powoli obrócił się do swojej pierwotnej pozycji.
« Donc vous ne voulez pas vous approcher davantage, n'est-ce pas ? »
„Więc nie chcesz podchodzić bliżej, prawda?"
Et elle remit discrètement la chaise dans le coin.
I cicho odstawiła krzesło w kąt.

Gregor ne mangeait presque plus rien.
Gregor prawie w ogóle nic nie jadł.
Parfois, lors de ses promenades dans la pièce, il s'arrêtait.
Czasami, spacerując po pokoju, zatrzymywał się.
Et il se retrouva à côté du repas qui lui avait été préparé.
I znalazł się tuż obok przygotowanego dla niego jedzenia.
Il mit la nourriture dans sa bouche, mais seulement pour jouer avec.
Włożył jedzenie do ust, ale tylko po to, by się nim pobawić.
Et bien souvent, il le recrachait quelques heures plus tard.
I bardzo często po kilku godzinach wypluwał to z siebie.
Il essaya de trouver une raison à son manque d'appétit.
Próbował znaleźć przyczynę swojego braku apetytu.
Peut-être parce qu'il était triste de l'état de sa chambre.
Być może dlatego, że był smutny z powodu stanu swojego pokoju.

Mais il s'était fait à l'idée des changements survenus dans la pièce.

Ale pogodził się już ze zmianami w pokoju.

Récemment, sa chambre était devenue une sorte de débarras.

Ostatnio jego pokój stał się rodzajem magazynu.

Ils avaient pris l'habitude de laisser des choses là.

Weszło im w nawyk zostawiania tam swoich rzeczy.

Et il restait maintenant beaucoup de choses de ce genre dans sa chambre.

I teraz w jego pokoju pozostało wiele takich rzeczy.

Parce qu'une chambre de l'appartement avait été louée.

Ponieważ jeden pokój w mieszkaniu został wynajęty.

Trois messieurs sérieux louaient la chambre ensemble.

Trzech poważnych dżentelmenów wynajmowało wspólnie pokój.

Gregor les avait aperçus un jour à travers une fente dans la porte.

Gregor kiedyś zauważył ich przez szczelinę w drzwiach.

Ils portaient des barbes fournies et étaient habillés avec un soin méticuleux.

Mieli długie brody i byli starannie ubrani.

Ils étaient scrupuleux quant à la propreté des lieux.

Bardzo dbali o utrzymanie wszystkiego w porządku.

Leur obsession pour la propreté ne s'arrêtait pas à leur chambre.

Ich dążenie do porządku nie ograniczało się do pokoju.

L'appartement entier devait être maintenu d'une propreté impeccable.

Całe mieszkanie musiało być utrzymywane w idealnej czystości.

Ils étaient encore plus pointilleux sur l'apparence de la cuisine.

Jeszcze większą uwagę zwracali na wygląd kuchni.

Et ils ne supportaient aucun encombrement inutile.

I nie mogli tolerować żadnego niepotrzebnego bałaganu.

Ils avaient également apporté leurs propres meubles.

Przywieźli ze sobą także własne meble.

C'est pourquoi beaucoup de choses étaient devenues superflues.

Z tego powodu wiele rzeczy stało się zbędnych.

C'étaient des choses pour lesquelles personne n'aurait payé.

To były rzeczy, za które nikt by nie zapłacił.

Mais la famille ne voulait pas non plus se débarrasser de ces objets.

Ale rodzina nie chciała się ich pozbywać.

Tous ces objets ont fini quelque part dans la chambre de Gregor.

Wszystkie te rzeczy trafiły gdzieś do pokoju Gregora.

Le cendrier de la cuisine se trouvait désormais dans sa chambre.

Popielniczka z kuchni była teraz przechowywana w jego pokoju.

Et les ordures étaient entreposées dans sa chambre jusqu'au jour de la collecte.

A śmieci trzymano w jego pokoju aż do dnia wywozu śmieci.

La bonne a jeté dans sa chambre tout ce dont elle n'avait pas besoin.

Służąca rzucała do jego pokoju wszystko, czego nie potrzebowała.

Heureusement, il n'a vu que la main et l'objet.

Na szczęście zobaczył tylko rękę i przedmiot.

Elle comptait probablement revenir chercher les affaires plus tard.

Pewnie miała zamiar wrócić po te rzeczy później.

Ou peut-être voulait-elle tout jeter d'un coup.

Albo może chciała wyrzucić wszystko na raz.

Cependant, tout est resté là où il s'était initialement posé.

Jednak wszystko pozostało tam, gdzie wylądowało.

À moins que Gregor n'ait déplacé les débris en se faufilant à travers.

Chyba że Gregor przesunął śmieci, przeciskając się przez nie.

Au début, il a été obligé de ramper à travers tous les détritus.

Na początku zmuszony był przedzierać się przez wszystkie te śmieci.

Il lui était impossible d'éviter cela.
Nie miał możliwości uniknięcia tego.
Mais plus tard, il a finalement trouvé du plaisir dans cette activité.
Ale później odkrył, że ta aktywność sprawia mu prawdziwą przyjemność.
Bien que ces efforts l'aient laissé triste et profondément fatigué.
Choć wysiłek ten sprawiał mu smutek i głębokie zmęczenie.
Et ensuite, il est resté incapable de bouger pendant de nombreuses heures.
A potem przez wiele godzin nie mógł się ruszyć.
Les locataires prenaient parfois leurs repas dans le salon.
Lokatorzy czasami spożywali posiłki w pokoju dziennym.
La porte du salon restait fermée ces soirs-là.
Drzwi do salonu pozostawały wtedy zamknięte.
Mais Gregor n'avait aucune difficulté à ne pas ouvrir la porte à présent.
Ale Gregor nie miał już problemu z otwarciem drzwi.
Même lorsque la porte était ouverte, il ne regardait pas toujours dehors.
Nawet gdy drzwi były otwarte, nie zawsze wyglądał na zewnątrz.
Mais il s'allongea dans le coin le plus sombre de la pièce.
Ale on położył się w najciemniejszym kącie pokoju.
La famille n'a pas non plus remarqué son manque d'attention.
Rodzina również nie zauważyła jego braku zainteresowania.
Mais une fois, la bonne a laissé la porte ouverte.
Ale pewnego razu pokojówka zostawiła drzwi otwarte.
La porte est restée ouverte même au retour des locataires.
Drzwi pozostały otwarte nawet gdy lokatorzy wrócili.
Et la porte était ouverte quand la lumière a été allumée.
A drzwi były otwarte, gdy włączono światło.
L'homme était assis à la table où la famille dînait.
Mężczyzna siedział przy stole, przy którym rodzina jadła obiad.

Autrefois, père, mère et Gregor étaient assis là.
Dawniej siedzieli tam ojciec, matka i Gregor.
Ils déplièrent les serviettes et prirent des couteaux et des fourchettes.
Rozłożyli serwetki i wzięli noże i widelce.
La mère apparut sur le seuil avec un bol de viande.
Matka pojawiła się w drzwiach z miską mięsa.
Puis sa sœur est entrée avec un bol plein de pommes de terre.
Potem weszła siostra z miską pełną ziemniaków.
Les locataires se penchèrent sur les bols placés devant eux.
Lokatorzy pochylali się nad miskami umieszczonymi przed nimi.
L'épaisse fumée des aliments leur montait jusqu'au nez.
Gęsty dym wydobywający się z jedzenia uderzał im do nosów.
Mais ils n'avaient pas encore décidé s'ils allaient manger.
Ale nie zdecydowali jeszcze, czy zjedzą to jedzenie.
Peut-être renverraient-ils le plat en cuisine.
Być może odeślą posiłek do kuchni.
L'homme assis au milieu semblait être l'autorité.
Mężczyzna siedzący pośrodku wydawał się być autorytetem.
Il a coupé la viande pour déterminer si elle était suffisamment tendre.
Pokroił mięso, aby sprawdzić, czy jest wystarczająco delikatne.
Il était satisfait de l'odeur et de l'apparence des aliments.
Był zadowolony z zapachu i wyglądu jedzenia.
La mère et la sœur les observaient avec anxiété.
Matka i siostra z niepokojem im się przyglądały.
Et ils commencèrent à sourire, poussant un soupir de soulagement accumulé.
I zaczęli się uśmiechać, wzdychając z ulgą.
La famille allait elle-même manger dans la cuisine.
Rodzina sama miała zamiar zjeść posiłek w kuchni.
Mais avant cela, le père alla voir comment allaient les locataires.

Ale najpierw ojciec poszedł sprawdzić, co u lokatorów.

Il s'inclina une fois, tenant sa casquette de travail à la main.

Skłonił się raz, trzymając w ręku czapkę, którą zostawił przy pracy.

Et il fit le tour de la table, saluant chaque invité.

I chodził w kółko wokół stołu, do każdego gościa

Les locataires se levèrent tous en marmonnant dans leur barbe.

Wszyscy lokatorzy wstali i zaczęli mamrotać coś do swoich brodów.

Après son départ, ils mangèrent dans un silence presque complet.

Po jego wyjściu jedli w niemal całkowitej ciszy.

Gregor trouvait étrange d'entendre des bruits de mastication.

Gregorowi wydało się dziwne, że słyszał żucie.

Aucun autre aspect du repas ne semblait produire le moindre son.

Żaden inny aspekt jedzenia nie wydawał żadnego dźwięku.

Mais il pouvait distinctement entendre des dents grincer.

Ale wyraźnie słyszał zgrzytanie zębów.

Ils semblaient lui dire qu'il avait besoin de dents pour manger.

Wydawało się, że mówią mu, że potrzebuje zębów, żeby jeść.

« On ne peut rien faire si on n'a plus de dents dans la mâchoire. »

"Nic nie możesz zrobić, jeśli twoje szczęki nie mają zębów."

« J'aimerais manger quelque chose », dit Gregor avec anxiété.

„Chciałbym coś zjeść" – powiedział Gregor zaniepokojony.

« Mais je n'ai aucun appétit pour ce que vous mangez tous. »

„Ale nie mam apetytu na to, co wy wszyscy jadacie."

« Regardez ces locataires manger, et moi je meurs de faim. »

"Spójrz, co jedzą ci lokatorzy, a ja tu umieram z głodu."

Ce soir-là, Gregor pensait justement au violon.

Tego wieczoru Gregor przypadkiem pomyślał o skrzypcach.

Il n'avait plus entendu le violon depuis la transformation.

Nie słyszał skrzypiec od czasu transformacji.

Mais ce soir-là, un bruit est venu de la cuisine.
Ale pewnego wieczoru z kuchni dobiegł jakiś dźwięk.
Les messieurs avaient déjà terminé leur repas du soir.
Panowie skończyli już kolację.
L'homme du milieu avait commencé à lire un journal.
Średni mężczyzna zaczął czytać gazetę.
Il avait donné une feuille à chacun des deux autres messieurs.
Dał każdemu z dwóch pozostałych panów po jednej kartce.
Et maintenant, ils étaient affalés en arrière, en train de lire et de fumer.
Teraz odchylili się do tyłu, czytali i palili.
Lorsque le violon commença à jouer, ils devinrent attentifs.
Kiedy zaczęły grać skrzypce, stali się uważni.
Ils se levèrent et marchèrent sur la pointe des pieds jusqu'à la porte de l'antichambre.
Wstali i na palcach podeszli do drzwi przedpokoju.
Ils se tenaient là, blottis les uns contre les autres, écoutant à la porte.
Stali stłoczeni razem przy drzwiach, nasłuchując.
La famille a dû entendre les hommes qui étaient dans la cuisine.
Rodzina musiała słyszeć mężczyzn z kuchni.
Car le père les appela et leur demanda :
Ponieważ ojciec zawołał do nich i zapytał ich:
« Le violon ne serait-il pas inconfortable pour ces messieurs ? »
„Czy skrzypce mogą być niewygodne dla panów?"
« Si la musique ne vous plaît pas, on peut s'arrêter immédiatement. »
„Jeśli nie podoba Ci się muzyka, możemy natychmiast przestać."
« Au contraire », dit celui du milieu des messieurs.
„Wręcz przeciwnie" – rzekł środkowy z dżentelmenów.
« La jeune fille aimerait-elle jouer du violon dans notre chambre ? »

„Czy młoda dama chciałaby zagrać na skrzypcach w naszym pokoju?"
« C'est nettement plus confortable et chaleureux ici. »
„Tutaj jest zdecydowanie wygodniej i przytulniej."
Le père répondit comme s'il était lui-même le violoniste.
Ojciec odpowiedział tak, jakby sam był skrzypkiem.
« Oh, je vous en prie, ce serait merveilleux », s'écria le père.
„Och, proszę, to byłoby cudowne!" – zawołał ojciec.
Les messieurs retournèrent au salon et attendirent.
Panowie wrócili do salonu i czekali.
Peu après, le père entra dans la pièce avec le pupitre.
Wkrótce do pokoju wszedł ojciec z pulpitem na nuty.
La mère entra dans la pièce avec le livre de musique.
Matka weszła do pokoju z książką muzyczną.
Et la sœur entra dans la pièce avec le violon.
I do pokoju weszła siostra ze skrzypcami.
Elle a calmement tout préparé pour jouer du violon.
Spokojnie przygotowała wszystko do gry na skrzypcach.
Les parents exagéraient leur politesse et leurs bonnes manières.
Rodzice przesadzali ze swoją uprzejmością i dobrymi manierami.
Ils n'avaient jamais loué de chambres à des locataires auparavant.
Nigdy wcześniej nie wynajmowali pokoi lokatorom.
Et ils n'osaient même pas s'asseoir sur leurs propres chaises.
A nie odważyli się nawet usiąść na własnych krzesłach.
Au lieu de s'asseoir, le père s'appuya contre la porte.
Zamiast siedzieć, ojciec oparł się o drzwi.
Sa main droite était coincée entre deux boutons de son manteau.
Jego prawa ręka znajdowała się pomiędzy dwoma guzikami płaszcza.
Un monsieur a toutefois offert une chaise à la mère.
Matce jednak pewien mężczyzna zaproponował krzesło.
Mais elle s'assit là où le monsieur avait placé la chaise.
Ale ona usiadła tam, gdzie dżentelmen postawił krzesło.

Et il n'avait pas placé la chaise à un endroit précis.
I nie postawił krzesła w żadnym konkretnym miejscu.
La mère s'assit donc à l'écart de tout le monde, dans un coin.
Więc matka usiadła w kącie, osobno od wszystkich.
Et finalement, la sœur s'est mise à jouer du violon.
A na końcu siostra zaczęła grać na skrzypcach.
Les parents, placés de part et d'autre, suivaient attentivement.
Rodzice, siedzący po przeciwnych stronach barykady, uważnie słuchali.
Et ils observaient attentivement chacun des mouvements de sa main.
I uważnie obserwowali każdy ruch jej ręki.
Gregor était également attiré par le jeu du violon.
Gregora pociągała także gra na skrzypcach.
Et il s'aventura un peu plus loin hors de sa chambre.
I odważył się wyjść nieco dalej ze swego pokoju.
Il avait déjà la tête dans le salon.
Był już głową w salonie.
Il était très fier d'être très attentionné.
Był dumny ze swojego usposobienia i troski.
Mais récemment, il ne remettait guère en question son manque d'attention.
Ale ostatnio prawie nie kwestionował swojego braku troski.
Même s'il avait maintenant plus de raisons de se cacher qu'auparavant.
Choć teraz miał więcej powodów, żeby się ukrywać, niż wcześniej.
Parce que sa chambre était recouverte de poussière et de saletés diverses.
Ponieważ jego pokój był pokryty kurzem i różnymi zanieczyszczeniami.
Le moindre mouvement soulevait toutes sortes d'immondices.
Najmniejszy ruch powodował wzbijanie się w powietrze wszelkiego rodzaju nieczystości.

Toute cette saleté lui collait à la peau : poussière, cheveux, restes de nourriture.
Cały ten brud przylgnął do niego: kurz, włosy, resztki jedzenia.
Il aurait pu frotter la saleté contre le tapis.
Mógł zetrzeć brud z dywanu.
C'était quelque chose qu'il faisait plusieurs fois par jour.
Robił to kilka razy dziennie.
Mais son indifférence à tout était bien trop grande.
Ale jego obojętność wobec wszystkiego była zbyt wielka.
Il n'avait donc pas peur d'aller un peu plus loin.
Dlatego nie bał się pójść o krok dalej.
Et il s'est installé sur le sol impeccable du salon.
I przeniósł się na nieskazitelnie czystą podłogę w salonie.
Cependant, personne ne l'a remarqué, ni ne lui a prêté attention.
Nikt jednak tego nie zauważył i nie zwrócił na niego uwagi.
La famille était complètement absorbée par le concert.
Cała rodzina była całkowicie pochłonięta koncertem.
Les messieurs, quant à eux, ont d'abord battu en retraite.
Panowie natomiast początkowo się wycofali.
Et ils se tenaient tout près, derrière le pupitre de la sœur.
I stali tuż za pulpitem siostry.
S'ils avaient regardé, ils auraient pu voir les notes de musique.
Gdyby przyjrzeli się bliżej, mogliby zobaczyć nuty.
Cela aurait évidemment perturbé la sœur.
To oczywiście musiało zaniepokoić siostrę.
Alors, au lieu de s'asseoir, ils restèrent debout près de la fenêtre.
Następnie stanęli przy oknie, zamiast usiąść.
Les mains dans les poches, ils continuaient à parler.
Trzymając ręce w kieszeniach, nie przestawali rozmawiać.
Ils restèrent là tandis que le père les observait avec anxiété.
Pozostali tam, a ojciec z niepokojem patrzył.
On avait l'impression qu'ils avaient d'autres attentes.
Odnosiło się wrażenie, że mieli inne oczekiwania.

Et il semblait vraiment qu'ils avaient été déçus.
I naprawdę wyglądało na to, że byli rozczarowani.
Il semblait qu'ils en avaient assez du spectacle.
Wyglądało na to, że mieli już dość tego występu.
Ils avaient laissé le violon troubler leur tranquillité.
Pozwolili, aby skrzypce zakłóciły ich spokój.
Et ils ne toléraient la musique que par politesse.
A muzykę tolerowali tylko z grzeczności.
La façon dont ils ont dissipé la fumée était particulièrement troublante.
Szczególnie niepokojące było to, w jaki sposób wydmuchano dym.
Et pourtant, elle jouait du violon avec une telle beauté.
A jednak grała na skrzypcach tak pięknie.
Son visage était légèrement incliné sur le côté, sur le violon.
Jej twarz była lekko przechylona na bok i skierowana na skrzypce.
Son regard parcourait tristement les lignes de la musique.
Jej wzrok smutno błądził po liniach melodycznych.
Gregor se sentait un peu plus attiré par le salon.
Gregor poczuł się nieco bardziej wciągnięty w salon.
Il gardait la tête près du sol, mais regardait vers le haut.
Trzymał głowę blisko ziemi, lecz patrzył w górę.
Peut-être que de cette façon, le regard de sa sœur croiserait le sien.
Być może w ten sposób wzrok jego siostry mógłby spotkać jego oczy.
Peut-on vraiment dire qu'il n'était qu'un animal ?
Czy naprawdę można powiedzieć, że był po prostu zwierzęciem?
Était-il un animal si la musique pouvait le captiver à ce point ?
Czy był zwierzęciem, skoro muzyka potrafiła go tak urzec?
Il avait l'impression qu'on lui montrait un chemin vers une nourriture inconnue.
Miał wrażenie, że pokazano mu drogę do nieznanego pożywienia.

C'était peut-être là le réconfort qui lui manquait.
Być może właśnie tego pożywienia mu brakowało.
Il était déterminé à rejoindre sa sœur.
Postanowił udać się w stronę swojej siostry.
Il avait envie de tirer sur sa jupe pour attirer son attention.
Chciał pociągnąć ją za spódnicę, żeby zwrócić jej uwagę.
Il voulait lui faire comprendre qu'il l'invitait.
Chciał dać jej znać, że jest zaproszony.
« Viens jouer du violon dans ma chambre », aurait-il voulu dire.
„Przyjdź i zagraj na skrzypcach w moim pokoju" – chciał powiedzieć.
Il souhaitait qu'elle soit récompensée pour sa magnifique musique.
Chciał, żeby została nagrodzona za swoją piękną muzykę.
« Personne ici ne te récompense pour jouer du violon. »
„Nikt tutaj nie nagradza cię za grę na skrzypcach."
Il ne voulait plus la laisser sortir de sa chambre.
Nie chciał jej już wypuszczać ze swojego pokoju.
Il voulait qu'elle reste avec lui aussi longtemps qu'il vivrait.
Chciał, żeby została z nim tak długo, jak będzie żył.
Pour la première fois, sa transformation eut un avantage.
Po raz pierwszy jego transformacja przyniosła korzyści.
Sa difformité allait enfin lui être utile.
Jego deformacja w końcu miała mu się przydać.
Il voulait être présent simultanément aux quatre portes.
Chciał być przy wszystkich czterech drzwiach jednocześnie.
Il avait envie de les siffler et de leur cracher dessus de tous les côtés.
Chciał na nich syczeć i pluć z każdej strony.
Sa sœur ne devrait pas être forcée de rester avec lui.
Jego siostra nie powinna być zmuszana do pozostania z nim.
Il voulait qu'elle choisisse volontairement de rester avec lui.
Chciał, żeby dobrowolnie zdecydowała się zostać z nim.
Elle allait s'asseoir à côté de lui et se pencher vers lui.
Zamierzała usiąść obok niego i pochylić się ku niemu.
Et il allait lui parler de l'école de musique.

I miał jej opowiedzieć o szkole muzycznej.

Il avait la ferme intention de l'envoyer à l'académie.

Miał stanowczy zamiar wysłać ją do akademii.

Il en aurait parlé à tout le monde à Noël dernier.

Opowiedziałby wszystkim o ostatnich świętach Bożego
Narodzenia.

Noël était-il déjà passé ?

Czy Boże Narodzenie naprawdę już minęło?

Et il n'aurait laissé personne le dissuader.

I nie pozwoliłby nikomu odwieść się od tego zamiaru.

Mais un accident malheureux a tout arrêté.

Ale potem nieszczęśliwy wypadek położył kres wszystkiemu.

La sœur aurait été submergée par l'émotion.

Siostra na pewno byłaby wzruszona.

Et Gregor aurait alors grimpé jusqu'à son épaule.

A potem Gregor wspiąłby się na jej ramię.

Et il l'aurait réconfortée en l'embrassant dans le cou.

A on pocieszyłby ją całując ją w szyję.

« Monsieur Samsa ! » appela l'homme au milieu au père.

„Panie Samsa!” zawołał mężczyzna w środku do ojca.

Il pointait Gregor du doigt.

Wskazywał Gregora palcem wskazującym.

Gregor traversait lentement le salon.

Gregor powoli przesuwał się po podłodze w salonie.

Le jeu du violon s'est très vite tu.

Gra skrzypiec bardzo szybko ucichła.

Celui du milieu sourit à ses amis.

Środkowy z trzech mężczyzn uśmiechnął się do swoich
przyjaciół.

Puis il secoua la tête et regarda Gregor.

Potem pokręcił głową i spojrzał na Gregora.

Le père aurait pu forcer Gregor à retourner dans sa chambre.

Ojciec mógł zmusić Gregora do powrotu do jego pokoju.

**Mais ce n'était pas la première action qu'il décida
d'entreprendre.**

Ale to nie było pierwsze działanie, na które się zdecydował.

Il estimait qu'il était plus important de calmer ces messieurs.

Uważał, że ważniejsze jest uspokojenie panów.
Bien qu'ils ne fussent pas vraiment contrariés par Gregor.
Chociaż tak naprawdę wcale nie byli źli na Gregora.
Gregor semblait plus divertissant que le jeu de violon.
Gregor wydawał się bardziej interesujący niż gra na
skrzypcach.
Il s'est précipité vers eux, les bras tendus.
Podbiegł do nich z wyciągniętymi ramionami.
Il faisait de son mieux pour leur cacher la vue de Gregor.
Starał się jak mógł, żeby zasłonić im widok Gregora.
Et il a essayé de les faire retourner dans leur chambre.
I próbował zachęcić ich, aby poszli z powrotem do swojego
pokoju.
Au contraire, cela les a un peu agacés.
Jeśli cokolwiek, to faktycznie ich to trochę zirytowało.
Mais il était difficile de dire exactement ce qui les agaçait.
Ale trudno było powiedzieć, co dokładnie ich denerwowało.
Le père gâchait le divertissement de la soirée.
Ojciec psuł rozrywkę wieczoru.
**Mais ils venaient aussi d'apprendre l'existence de leur
nouveau colocataire.**
Ale właśnie dowiedzieli się o swoim nowym współlokatorze.
Ils levèrent les mains comme l'avait fait leur père.
Podnieśli ręce tak samo, jak zrobił to ojciec.
Ils ont exigé une explication immédiate du père.
Zażądali natychmiastowych wyjaśnień od ojca.
**Ils tiraient nerveusement sur leur barbe, cherchant une
réponse.**
Niespokojnie szarpali się za brody, czekając na odpowiedź.
Et ils reculèrent jusqu'à leur chambre, mais très lentement.
I cofnęli się do swojego pokoju, ale bardzo powoli.
L'interruption avait plongé la sœur dans une sorte de transe.
Przerwanie rozmowy wprawiło siostrę w trans.
Elle laissa pendre le violon et l'archet le long de son corps.
Pozwoliła, aby skrzypce i smyczek zwisały u jej boku.
Et elle regarda la partition comme si elle jouait encore.
I spojrzała na nuty, jakby wciąż grały.

Mais soudain, elle est revenue dans la pièce.
Ale potem nagle wróciła do pokoju.
Et elle avait désormais surmonté le sentiment d'être perdue.
I teraz przezwyciężyła poczucie zagubienia.
Elle a posé l'instrument de musique sur les genoux de sa mère.
Położyła instrument muzyczny na kolanach matki.
La mère était assise sur la chaise, respirant bruyamment.
Matka siedziała na krześle i ciężko oddychała.
Et puis la sœur a dû courir dans la pièce voisine.
A potem siostra musiała pobiec do sąsiedniego pokoju.
Elle devait tout préparer pour les messieurs.
Musiała przygotować wszystko dla panów.
Elle a jeté les couvertures et les coussins en l'air.
Rzuciła koce i poduszki w powietrze.
Et de ses mains expertes, elle a disposé toute la literie.
A swoimi zręcznymi rękami ułożyła całą pościel.
Elle avait terminé avant que les messieurs n'atteignent la pièce.
Skończyła zanim panowie dotarli do pokoju.
Et elle s'est éclipsée avant de les gêner.
I wymknęła się, zanim stanęła im na drodze.
Le père semblait prisonnier de son propre entêtement.
Ojciec zdawał się być opanowany przez swój własny upór.
Et il oublia ainsi tout le respect qu'il devait à ses locataires.
I tak zapomniał o całym szacunku, jaki winien był swoim dzierżawcom.
Il a insisté sans relâche jusqu'à ce que leur porte-parole s'y oppose.
Naciskał i naciskał, aż ich rzecznik wyraził sprzeciw.
Il a tapé du pied avec colère en arrivant à la porte.
Gdy dotarł do drzwi, tupnął ze złością nogą.
Et c'est ainsi qu'il immobilisa le père.
I w ten sposób doprowadził ojca do stanu bezruchu.
« Par la présente, je déclare », commença-t-il en s'adressant à son propriétaire.

„Niniejszym oświadczam" – zaczął zwracając się do swego gospodarza.

Et il leva la main, regardant toute la famille.

Podniósł rękę i spojrzał na całą rodzinę.

« En ce qui concerne l'état répugnant de la chambre ; »

„Jeśli chodzi o obrzydliwe warunki w pokoju;"

Et il s'assurait que tous écoutaient ses paroles.

I upewnił się, że wszyscy słuchają jego słów.

« Par la présente, je vous informe que je vais libérer ma chambre. »

„Niniejszym informuję, że opuszczam swój pokój."

Et il a appuyé son propos en crachant par terre.

Następnie, plując na ziemię, potwierdził swoje stanowisko.

« Je ne paierai pas non plus pour les jours que j'ai passés ici. »

„Nie zapłacę też za dni, które tu spędziłem".

Il n'était cependant pas entièrement satisfait de ce remboursement.

Nie był jednak w pełni usatysfakcjonowany tym zwrotem.

« Et j'envisagerai de formuler d'autres demandes à votre encontre. »

„Rozważę wysuniecie wobec ciebie innych żądań."

« Croyez-moi, de telles demandes seront très faciles à justifier. »

„Proszę mi uwierzyć, takie żądania będzie bardzo łatwo uzasadnić".

Il resta silencieux et regarda droit devant lui, vers son père.

Zamilkł i patrzył prosto przed siebie, na ojca.

Il semblait s'attendre à ce qu'il se passe quelque chose de plus.

Wydawało się, że spodziewał się czegoś więcej.

En fait, ses deux amis ont immédiatement eu la même idée.

W rzeczywistości jego dwaj przyjaciele natychmiast wpadli na ten sam pomysł.

« Nous annulons également nos réservations de chambres », ont-ils déclaré à l'unisson.

„My również anulujemy rezerwację pokoi" – powiedzieli chórem.

Il a alors saisi la poignée de la porte et l'a fermée.

Następnie złapał za klamkę i zamknął drzwi.

Et dans un grand fracas, ils s'enfermèrent dans leur chambre.

I z głośnym hukiem zamknęli się w swoim pokoju.

Le père s'est dirigé en titubant vers sa chaise, les mains tâtonnantes.

Ojciec chwiejnym krokiem dotarł do krzesła, próbując znaleźć drogę powrotną.

Et il se laissa tomber sur la chaise, vaincu.

I pozwolił sobie opaść na krzesło, pokonany.

On aurait dit qu'il allait faire sa sieste habituelle du soir.

Wyglądało, jakby wybierał się na swoją zwykłą wieczorną drzemkę.

Mais sa tête hocha presque comme si elle n'était pas soutenue.

Ale jego głowa kiwała się, jakby nie miała żadnego podparcia.

Et on pouvait voir qu'il ne dormait pas du tout.

I było widać, że wcale nie spał.

Durant tout ce temps, Gregor n'avait pas bougé de sa place.

Przez cały ten czas Gregor nie ruszył się z miejsca.

Il était toujours là où les messieurs l'avaient aperçu pour la première fois.

Nadal znajdował się w tym samym miejscu, w którym panowie go zobaczyli po raz pierwszy.

Même s'il avait voulu déménager, il trouvait cela impossible.

Nawet gdyby chciał się ruszyć, okazało się to niemożliwe.

À cause de sa déception, ou à cause de sa faim.

Z powodu rozczarowania lub głodu.

Il était déçu par l'échec de son plan.

Był rozczarowany niepowodzeniem swojego planu.

Et il était affaibli par la faim persistante qu'il ressentait.

A on był osłabiony z powodu przedłużającego się głodu.

Il était certain que tout le monde se retournerait contre lui à tout moment.

Był pewien, że w każdej chwili wszyscy się od niego odwrócą.

C'est avec cette certitude d'un effondrement imminent qu'il attendit.

Oczekiwał rychłego upadku.

Le violon commença à glisser des genoux de sa mère.

Skrzypce zaczęły zsuwać się z kolan matki.

Dans un fracas retentissant, le violon tomba au sol.

Skrzypce z donośnym dźwiękiem upadły na ziemię.

Mais même ce bruit soudain et fracassant ne l'a pas surpris.

Ale nawet ten nagły odgłos trzasku go nie wystraszył.

« Chers parents, dit la sœur, cela ne peut pas continuer. »

„Kochani rodzice" – powiedziała siostra – „tak dalej być nie może".

Et elle a frappé du poing sur la table pour appuyer ses propos.

I uderzyła dłonią w stół, żeby udowodnić swoją rację.

« Je ne prononcerai pas le nom de mon frère devant ce monstre. »

"Nie wypowiem imienia mojego brata w obecności tego potwora."

« C'est pourquoi je le dis aussi crûment que possible : »

Dlatego mówię to tak otwarcie, jak to tylko możliwe:

«Nous n'avons pas d'autre choix que de nous débarrasser de cet animal.»

„Nie mamy innego wyjścia, jak pozbyć się tego zwierzęcia".

« Nous avons fait de notre mieux pour tolérer et prendre soin de cet animal. »

„Zrobiliśmy co w naszej mocy, aby tolerować to zwierzę i zapewnić mu odpowiednią opiekę".

« Je ne pense pas que quiconque puisse nous blâmer, même légèrement. »

„Nie sądzę, żeby ktokolwiek mógł nas w najmniejszym stopniu winić".

« Elle a mille fois raison », a acquiescé le père.

„Ona ma tysiąc razy rację" – zgodził się ojciec.

La mère n'avait pas encore complètement repris son souffle.

Matka wciąż nie odzyskała pełnego oddechu.

Elle se mit à tousser sourdement dans sa main, la respiration lourde.

Zaczęła głucho kaszleć w dłoń, oddychając ciężko.

Et une expression de folie commença à apparaître dans ses yeux.

A w jej oczach zaczął pojawiać się szalony wyraz.

La sœur s'est précipitée vers sa mère et lui a pris le front.

Siostra podbiegła do matki i trzymała ją za czoło.

Les paroles de la sœur semblaient inspirer le père.

Ojciec zdawał się być zainspirowany słowami siostry.

Et ses pensées semblaient plus claires qu'auparavant.

A jego myśli zdawały się być jaśniejsze niż wcześniej.

Il cessa d'acquiescer et se redressa.

Przestał kiwać głową i znowu usiadł prosto.

Et il jouait avec la casquette de son serviteur, plongé dans ses pensées.

I bawił się czapką swego sługi, pogrążony w myślach.

Les assiettes des locataires étaient encore sur la table.

Talerze od lokatorów nadal stały na stole.

Et il regardait parfois vers Gregor, qui restait silencieux.

I czasami spoglądał w stronę milczącego Gregora.

« Nous devons essayer de nous en débarrasser », lui dit sa sœur.

„Musimy spróbować się tego pozbyć" – powiedziała mu siostra.

La mère était trop occupée à tousser pour écouter.

Matka była zbyt zajęta kaszlem, żeby słuchać.

« Ça va vous tuer tous les deux, je le vois déjà venir. »

"To was oboje zabije, już to widzę."

«Nous ne pouvons pas tous continuer à travailler aussi dur que nous le faisons.»

„Nie możemy wszyscy nadal pracować tak ciężko, jak dotychczas".

« Et chaque jour, nous devons rentrer chez nous et subir ce supplice. »

„I każdego dnia wracamy do domu, gdzie czekają na nas te tortury".

« Nous n'en pouvons plus. Je n'en peux plus. »
„Nie możemy tego dłużej znieść. Ja nie mogę tego znieść".
Elle s'est effondrée dans les bras de sa mère, en larmes une dernière fois.
W ostatnim wybuchu płaczu rzuciła się na ziemię i rzuciła się do matki.
Les larmes coulèrent sur son visage et sur celui de sa mère.
Łzy spływały po jej twarzy i na twarz matki.
Et elle essuya ses larmes d'un geste machinal.
I mechanicznym ruchem otarła łzy.
« **Mon enfant** », dit le père d'une voix compatissante.
„Moje dziecko" – powiedział ojciec współczującym głosem.
Il y avait une profonde sympathie et une grande compréhension dans sa voix.
W jego głosie słychać było głębokie współczucie i zrozumienie.
« **Mais que devons-nous faire ?** » avoua-t-il ne pas savoir.
„Ale co powinniśmy zrobić?" – przyznał, że nie wie.
La sœur haussa simplement les épaules, impuissante.
Siostra tylko wzruszyła bezradnie ramionami.
Et sa confiance d'antan fit de nouveau place aux larmes.
A jej wcześniejsza pewność siebie znów ustąpiła miejsca łzom.
« **Si seulement il nous comprenait** », dit le père à voix haute.
„Gdyby tylko nas rozumiał" – powiedział ojciec na głos.
Et il se demandait à moitié si Gregor avait compris.
I w pewnym momencie zaczął wątpić, czy Gregor w ogóle zrozumiał.
La sœur lui a secoué la main violemment en pleurant.
Siostra po prostu gwałtownie potrząsnęła dłonią i zaczęła płakać.
Elle a donc indiqué qu'il ne fallait pas envisager cette idée.
I w ten sposób dała znać, że nie należy rozważać tego pomysłu.
« **Mais si seulement il nous comprenait** », répéta le père.
„Ale gdyby on nas rozumiał" – powtórzył ojciec.
Les yeux fermés, il réfléchit à la réponse de sa sœur.
Zamknął oczy i zastanowił się nad odpowiedzią siostry.

« S'il comprenait qu'un accord pouvait être conclu avec lui. »
„Gdyby zrozumiał, można by z nim zawrzeć porozumienie".
« Mais vu la situation actuelle... »
„Ale biorąc pod uwagę, jak sprawy się mają…"
«Il faut l'enlever,» s'écria la sœur, «c'est la seule solution.»
„Musimy odejść!" – krzyknęła siostra – „to jedyny sposób".
«Il faut vous débarrasser de l'idée que c'est Gregor.»
„Musisz pozbyć się myśli, że to Gregor."
« Notre véritable malheur, c'est d'y avoir cru si longtemps. »
„To, że tak długo w to wierzyliśmy, jest naszym prawdziwym nieszczęściem".
« Mais comment est-ce possible que ce soit Gregor ? » demanda-t-elle à son père.
„Ale jak to możliwe, Gregor?" zapytała ojca.
« Il savait qu'un tel animal ne pouvait pas coexister avec les humains. »
„Wiedział, że takie zwierzę nie może współistnieć z ludźmi".
« Gregor nous aurait quittés depuis longtemps, volontairement. »
„Gregor opuściłby nas już dawno temu, z własnej woli".
« C'est vrai, nous n'aurions alors plus de frère. »
„To prawda, wtedy nie mielibyśmy brata."
« Mais nous pourrions continuer à vivre et à honorer sa mémoire. »
„Ale moglibyśmy nadal żyć i czcić jego pamięć".
« Mais cette bête nous poursuit et chasse nos locataires. »
„Ale ta bestia nas ściga i wypędza naszych dzierżawców".
« De toute évidence, il veut s'emparer de tout l'appartement. »
„Oczywiste jest, że chce przejąć całe mieszkanie".
« Cette bête veut nous faire dormir dans la rue. »
„Ta bestia chce, żebyśmy spali na ulicy".
« Regarde, papa, » s'écria-t-elle soudain, « il bouge à nouveau ! »
„Patrz, tato!" – krzyknęła nagle – „on znowu się rusza!"
Et elle fit quelque chose que même Gregor ne put comprendre.

I zrobiła coś, czego nawet Gregor nie mógł zrozumieć.

Elle se repoussa, comme pour sacrifier sa mère.

Odepchnęła się, jakby składała matkę w ofierze.

Et elle a couru derrière son père pour trouver une sorte de sécurité.

I pobiegła za ojcem, szukając w ten sposób jakiegoś bezpieczeństwa.

Le père n'était agité que parce que sa fille l'était.

Ojciec był zdenerwowany tylko dlatego, że jego córka też była zdenerwowana.

Mais lui aussi se leva et leva les bras au-dessus d'elle.

Ale potem on także wstał i podniósł ręce nad nią.

Mais Gregor n'avait aucune intention d'effrayer qui que ce soit.

Ale Gregor nie miał zamiaru nikogo straszyć.

Il n'avait surtout aucune intention d'effrayer sa sœur.

Zwłaszcza nie miał zamiaru straszyć swojej siostry.

Il essayait simplement de faire demi-tour pour retourner dans sa chambre.

Próbował po prostu wrócić do swojego pokoju.

Mais, compte tenu de l'aggravation de son état, même cela devenait difficile.

Jednak w obliczu pogarszającego się stanu zdrowia nawet to było trudne.

Et il ne pouvait plus se servir pleinement de ses jambes.

I nie mógł już w pełni używać wszystkich nóg.

Il utilisa donc sa tête pour soulever son corps et se retourner.

Użył więc głowy, aby unieść ciało i obrócić się.

Il marqua une pause et chercha l'approbation de sa famille du regard.

Zatrzymał się na chwilę i rozejrzał się, sprawdzając, czy rodzina wyraża aprobatę.

Il semble que sa bonne intention ait été reconnue.

Wygląda na to, że jego dobre intencje zostały zauważone.

Son mouvement ne leur avait procuré qu'un choc momentané.

Jego ruch był dla nich tylko chwilowym szokiem.

À présent, ils le regardaient tous en silence, visiblement malheureux.

Teraz wszyscy patrzyli na niego w smutnym milczeniu.

La mère était toujours allongée dans le fauteuil, épuisée.

Matka wciąż leżała wyczerpana w fotelu.

Le père et la sœur étaient assis l'un à côté de l'autre.

Ojciec i siostra siedzieli obok siebie.

« Peut-être qu'ils me laisseront faire demi-tour maintenant », pensa Gregor.

„Może teraz pozwolą mi zawrócić" – pomyślał Gregor.

Et il continua à effectuer son mouvement de rotation maladroit.

I kontynuował swój niezręczny ruch obrotowy.

Il ne pouvait réprimer les halètements occasionnels dus à l'effort.

Nie mógł powstrzymać okazjonalnych westchnień wysiłku.

Et il a été contraint de se reposer à plusieurs reprises entre-temps.

Zmuszony był więc do kilkukrotnego odpoczynku.

Plus personne ne le pressait ; c'était à lui de décider.

Nikt już nie kazał mu się spieszyć; decyzja należała do niego.

Finalement, il acheva ce virage lent et douloureux.

W końcu ukończył powolny i bolesny obrót.

Il se dirigea aussitôt vers sa chambre.

Natychmiast zaczął iść z powrotem do swojego pokoju.

Il était stupéfait de la distance qui le séparait de sa chambre.

Zdumiał się, jak daleko znajdował się od swojego pokoju.

Comment, malgré sa faiblesse, avait-il réussi à y parvenir auparavant ?

Jak, mimo swojej słabości, udało mu się tam dotrzeć wcześniej?

Il avait emprunté presque le même chemin sans s'en apercevoir.

Przebył niemal tę samą trasę, nie zdając sobie z tego sprawy.

Il se concentrait simplement sur le fait de ramper aussi vite qu'il le pouvait.

Teraz skupił się tylko na tym, żeby jechać tak szybko, jak tylko potrafił.

L'absence de commentaires ne le dérangeait pas.

Brak komentarzy ze strony kogokolwiek nie zmartwił go.

Ce n'est que lorsqu'il fut déjà à l'intérieur qu'il tourna la tête.

Dopiero gdy był już w drzwiach, odwrócił głowę.

Mais il n'a pas pu se retourner complètement.

Ale nie był w stanie się odwrócić i spojrzeć za siebie.

Car il sentit sa nuque se raidir encore davantage en se tournant.

Ponieważ czuł, że gdy się odwrócił, jego kark zrobił się jeszcze sztywniejszy.

Mais il constata que rien n'avait changé derrière lui.

Ale widział, że za nim nic się nie zmieniło.

La seule différence, c'est que sa sœur s'était levée.

Jedyną różnicą było to, że jego siostra wstała.

Son dernier regard lui montra que sa mère s'était endormie.

Ostatnie spojrzenie mężczyzny pokazało mu, że jego matka zasnęła.

Dès qu'il fut entré dans sa chambre, la porte fut fermée.

Gdy tylko wszedł do swojego pokoju, drzwi się zamknęły.

Et dès que la porte fut fermée, le verrouilla.

A gdy tylko drzwi się zamknęły, zamek został zablokowany.

Gregor fut effrayé par le bruit inattendu derrière lui.

Gregor przestraszył się nieoczekiwanego hałasu za sobą.

Et ses jambes fléchirent sous lui, surprises par la soudaineté.

A nogi ugięły się pod nim ze zdziwienia.

C'est sa sœur qui s'était précipitée vers la porte derrière lui.

To była jego siostra, która pobiegła za nim do drzwi.

Elle s'était déjà dressée, et l'attendait.

Stała już tam wyprostowana i czekała na niego.

Elle fit alors un petit saut en avant sans que Gregor ne l'entende.

Następnie lekko skoczyła do przodu, tak że Gregor jej nie usłyszał.

« Enfin ! » s'écria-t-elle en tournant la clé.

„Nareszcie!" krzyknęła głośno, przekręcając klucz.

« Et maintenant ? » se demanda Gregor, seul dans l'obscurité.

„Co teraz?" – zapytał siebie Gregor, sam w ciemności.

Il s'aperçut bientôt qu'il ne pouvait plus bouger du tout.

Wkrótce zdał sobie sprawę, że nie może się już w ogóle ruszyć.

Mais son immobilité ne le surprenait pas vraiment.

Ale jego bezruch wcale go nie zaskoczył.

Pouvoir se déplacer sur des jambes aussi fines semblait ridicule.

Wydawało się śmieszne, że mogę się poruszać na tak cienkich nogach.

Il ne savait pas comment il avait pu y parvenir.

Nie miał pojęcia, jak w ogóle udało mu się to zrobić.

Mais à part ça, il se sentait relativement à l'aise.

Ale poza tym czuł się stosunkowo komfortowo.

Il est vrai qu'il ressentait une douleur intense dans tout le corps.

To prawda, że czuł głęboki ból w całym ciele.

Mais la douleur semblait s'atténuer de plus en plus.

Jednak ból zdawał się być coraz słabszy.

Et il avait l'impression que la douleur finirait par disparaître.

I czuł, że ból w końcu zniknie.

Il sentait à peine la pomme pourrie dans son dos.

Już prawie nie czuł zgniłego jabłka w plecach.

Il repensa à sa famille avec émotion et amour.

Z wzruszeniem i miłością wspominał swoją rodzinę.

Il ressentait les émotions de sa sœur encore plus intensément qu'elle.

Odczuwał emocje swojej siostry jeszcze silniej niż ona sama.

Elle avait raison ; il devait partir.

Miała rację co do tego, co powiedziała: musiał odejść.

Il passa quelque temps dans cet état désert et paisible.

Spędził jakiś czas w tym pustym i spokojnym stanie.

L'horloge sonna trois fois, doucement mais fermement.

Zegar uderzył trzy razy, cicho, ale stanowczo.
Gregor fut doucement tiré de ses pensées.
Gregor został łagodnie wyrwany z zamyślenia.
Il regarda la lumière du matin pénétrer lentement dans sa chambre.
Obserwował, jak poranne światło powoli wlewa się do jego pokoju.
Puis sa tête s'affaissa complètement, malgré lui.
Potem jego głowa opadła całkowicie, wbrew jego woli.
Et son dernier souffle s'échappa faiblement de ses narines.
A jego ostatni oddech ledwo wydobył się z nozdrzy.

La femme de chambre est entrée dans sa chambre tôt le matin.
Służąca przyszła do jego pokoju wczesnym rankiem.
Elle n'a rien trouvé d'inhabituel lors de sa courte visite habituelle.
Podczas swojej krótkiej wizyty nie znalazła niczego niezwykłego.
À bout de forces et dans la précipitation, elle claqua toutes les portes.
Z powodu pośpiechu i sił zatrzasnęła wszystkie drzwi.
Il était impossible de dormir paisiblement dans tout l'appartement.
Spokojny sen nie był możliwy w całym mieszkaniu.
On lui avait demandé d'éviter de faire cela le matin.
Poproszono ją, aby nie robiła tego rano.
Elle pensait qu'il restait allongé là, immobile, exprès.
Myślała, że leży tam tak nieruchomo celowo.
Peut-être voulait-il lui montrer qu'il était offensé.
Być może chciał jej pokazać, że się obraził.
Elle lui faisait confiance et pensait qu'il était doté d'une intelligence hors du commun.
Ufała mu, że posiada wszelkie możliwe zdolności intelektualne.
Il se trouve qu'elle tenait le long balai à la main.
Tak się złożyło, że trzymała w ręku długą miotłę.

Alors, depuis la porte, elle essaya de chatouiller un peu Gregor.
Więc stojąc już za drzwiami, próbowała trochę połaskotać Gregora.
Elle était un peu agacée qu'il ne réponde pas du tout.
Trochę ją denerwowało to, że on w ogóle nie odpowiadał.
Alors cette fois, elle le poussa un peu plus fermement.
Więc tym razem popchnęła go trochę mocniej.
Comme il n'opposait aucune résistance, elle l'examina de plus près.
Gdy nie stawiał oporu, przyjrzała mu się uważniej.
Elle comprit rapidement ce qui était réellement arrivé à Gregor.
Wkrótce zdała sobie sprawę, co naprawdę stało się z Gregorem.
Elle ouvrit davantage les yeux et siffla pour elle-même.
Otworzyła szerzej oczy i zagwizdała do siebie.
Mais elle n'a pas tardé à ouvrir la porte.
Jednak nie traciła czasu i natychmiast otworzyła drzwi.
Et elle cria d'une voix forte dans l'obscurité :
I zawołała donośnym głosem w ciemność:
«Viens voir, il est là, complètement mort.»
„Chodź i zobacz, leży tam zupełnie martwy".
Les deux parents étaient assis bien droits dans leur lit conjugal.
Oboje rodzice siedzieli wyprostowani w swoim małżeńskim łóżku.
Il leur fallait d'abord surmonter le choc du bruit.
Najpierw musieli oswoić się z szokiem wywołanym hałasem.
Mais peu à peu, ils ont commencé à comprendre son message.
Ale potem powoli zaczęli rozumieć jej przesłanie.
Monsieur et Madame Samsa ont chacun sauté de leur côté du lit.
Państwo Samsa wyskoczyli z łóżka, każde po swojej stronie.
M. Samsa jeta l'épaisse couverture sur ses épaules.
Pan Samsa narzucił gruby koc na ramiona.

Et Mme Samsa sortit vêtue uniquement de sa chemise de nuit.

A pani Samsa wyszła ubrana tylko w koszulę nocną.

C'est ainsi qu'ils entrèrent dans la chambre de Gregor.

I tak weszli do pokoju Gregora.

Entre-temps, la porte du salon s'était également ouverte.

Tymczasem drzwi do salonu również się otworzyły.

Grete y dormait depuis l'emménagement des locataires.

Grete spała tam odkąd wprowadzili się lokatorzy.

Elle était entièrement habillée comme si elle n'avait pas dormi du tout.

Była ubrana tak, jakby w ogóle nie spała.

Son visage pâle semblait également témoigner de son manque de sommeil.

Jej blada twarz zdawała się być również dowodem na to, że brakowało jej snu.

« Il est mort ? » demanda Mme Samsa en regardant la bonne.

„On nie żyje?" zapytała pani Samsa, patrząc na pokojówkę.

Elle aurait pu le confirmer en le regardant elle-même.

Mogła się o tym przekonać, patrząc na niego osobiście.

« Je le crois », dit la bonne en ramassant le balai.

„Myślę, że tak" – odpowiedziała służąca, biorąc miotłę.

Et elle a poussé son corps sur une longue distance à travers le sol.

I odepchnęła jego ciało daleko po podłodze.

Mme Samsa fit un mouvement comme si elle voulait l'arrêter.

Pani Samsa wykonała ruch, jakby chciała ją zatrzymać.

Mais finalement, elle a laissé la bonne faire glisser Gregor.

Ale w końcu pozwoliła pokojówce przesuwać Gregora.

« Eh bien, » dit M. Samsa, « enfin nous pouvons remercier Dieu. »

„No cóż" – powiedział pan Samsa – „w końcu możemy podziękować Bogu".

Il fit le signe de croix : tête, poitrine, épaules.

Uczynił znak krzyża na głowie, klatce piersiowej, ramionach.

Et les trois femmes suivirent son exemple religieux.

A trzy kobiety poszły za jego religijnym przykładem.

Grete, qui ne quittait pas le cadavre des yeux, dit :

Greta, nie spuszczając wzroku z trupa, rzekła:

«Regardez comme il est maigre, il n'a pas mangé depuis si longtemps.»

„Spójrz, jaki był chudy, tak długo nie jadł".

« La nourriture que je lui laissais chaque matin restait toujours intacte. »

„Jedzenie, które zostawiałam mu każdego ranka, zawsze pozostawało nietknięte".

En fait, le corps de Gregor était complètement plat et sec.

W rzeczywistości ciało Gregora było zupełnie płaskie i suche.

C'était plus visible maintenant qu'il était au sol.

Teraz, gdy leżał na ziemi, było to jeszcze bardziej widoczne.

Parce que son corps n'était plus soutenu par ses jambes.

Ponieważ jego ciało nie było już podnoszone za nogi.

Et parce que rien d'autre ne venait distraire la vue.

A ponieważ nic innego nie odwracało uwagi od widoku.

«Viens avec nous un moment, Grete», dit Mme Samsa.

„Wejdź z nami na chwilę, Grete" – powiedziała pani Samsa.

Un sourire douloureux se dessinait sur ses lèvres lorsqu'elle parlait.

Gdy to mówiła, na jej ustach gościł bolesny uśmiech.

Grete les suivit, mais jeta aussi un coup d'œil en arrière au cadavre.

Grete poszła za nimi, ale również obejrzała się na zwłoki.

La bonne ferma la porte et ouvrit grand la fenêtre.

Służąca zamknęła drzwi i otworzyła okno na oścież.

Il était encore tôt, l'air était donc normalement froid.

Było jeszcze wcześnie, więc powietrze zazwyczaj było zimne.

Mais il y avait aussi un mélange de chaleur dans l'air froid.

Ale w zimnym powietrzu czuć było też odrobinę ciepła.

Comme un doux rappel que c'était désormais la fin du mois de mars.

Jak delikatne przypomnienie, że oto nadszedł koniec marca.

Les trois locataires sortirent alors eux aussi de leur chambre.

Trzej lokatorzy również wyszli ze swoich pokoi.

Ils cherchèrent leur petit-déjeuner avec étonnement.

Ze zdziwieniem rozejrzeli się dookoła w poszukiwaniu śniadania.

Le petit-déjeuner a été oublié à cause de ce que la femme de chambre a trouvé.

Śniadanie zostało zapomniane z powodu tego, co znalazła pokojówka.

« Où est le petit-déjeuner ? » grommela l'homme du milieu.

„Gdzie jest śniadanie?" – mruknął środkowy dżentelmen.

La bonne porta son doigt à sa bouche pour demander le silence.

Służąca przyłożyła palec do ust na znak, że panuje cisza.

Et elle salua les messieurs d'un geste rapide et silencieux.

I szybko i bezgłośnie pomachała do panów.

La servante fit entrer les trois messieurs dans la pièce.

Służąca zaprowadziła trzech panów do pokoju.

Et elle a continué à leur expliquer ce qui s'était passé.

I kontynuowała wyjaśnianie im, co się wydarzyło.

Et les trois messieurs se tinrent autour du corps de Gregor.

A trzej panowie stali wokół ciała Gregora.

Les mains dans les poches, ils baissèrent les yeux.

Z rękami w kieszeniach spojrzeli w dół.

La lumière du matin inondait désormais complètement la pièce.

Poranne światło całkowicie zalało pomieszczenie.

La porte de la chambre s'ouvrit alors et M. Samsa apparut.

Wtedy drzwi sypialni się otworzyły i pojawił się pan Samsa.

D'un côté se trouvait sa femme, et de l'autre sa fille.

Po jednej stronie była jego żona, a po drugiej córka.

M. Samsa portait déjà son uniforme.

Pan Samsa miał już na sobie mundur.

On pouvait voir qu'ils avaient tous un peu pleuré.

Można było zauważyć, że wszyscy trochę płakali.

Grete pressa son visage contre le bras de son père.

Grete przycisnęła twarz do ramienia ojca.

« Quittez mon appartement immédiatement ! » ordonna M. Samsa.

„Natychmiast opuść moje mieszkanie!" rozkazał pan Samsa.

Et il désigna la porte sans laisser partir les femmes.

I wskazał na drzwi, nie pozwalając kobietom odejść.

« Que voulez-vous dire ? » demanda l'intermédiaire, déconcerté.

„Co masz na myśli?" zapytał zmieszany mężczyzna.

Et il fit de son mieux pour sourire gentiment à M. Samsa.

I starał się jak mógł, słodko się uśmiechnąć do pana Samsy.

Les deux autres tenaient leurs mains derrière leur dos.

Pozostała dwójka trzymała ręce za plecami.

Et ils se frottèrent les mains d'impatience.

I pocierali ręce w oczekiwaniu.

Ils semblaient s'attendre à une violente dispute.

Wyglądało na to, że spodziewali się głośnej kłótni.

Mais ils semblaient se réjouir de la dispute à venir.

Ale wydawali się zadowoleni z nadchodzącej kłótni.

Ils pensaient que le litige tournerait à leur avantage.

Sądzili, że spór rozstrzygnie się na ich korzyść.

« Je maintiens exactement ce que je viens de dire », a répondu M. Samsa.

„Dokładnie to samo powiedziałem" – odpowiedział pan Samsa.

Il marchait en ligne droite avec ses deux compagnons.

Szedł prosto wraz ze swoimi dwoma towarzyszami.

Et M. Samsa s'est adressé directement à leur responsable.

I pan Samsa zwrócił się bezpośrednio do swojego przełożonego.

Le monsieur resta d'abord immobile, le regard fixé au sol.

Dżentelmen najpierw stanął nieruchomo i spojrzał w ziemię.

Le contenu de sa tête était encore en train de se réorganiser.

Zawartość jego głowy wciąż się układała.

« Très bien, nous y allons », dit-il en levant les yeux vers M. Samsa.

„Dobrze, pójdziemy" – powiedział i spojrzał na pana Samsę.

Une nouvelle humilité semblait l'avoir soudainement envahi.

Nagle ogarnęła go nowa pokora.

Et il semblait demander la permission pour cette décision.
Wyglądało na to, że prosił o pozwolenie na podjęcie tej
decyzji.
M. Samsa ouvrit grand les yeux et hocha légèrement la tête.
Pan Samsa szeroko otworzył oczy i lekko skinął głową.
Les messieurs obéirent immédiatement à son ordre.
Panowie natychmiast wykonali jego polecenie.
**Et ils ont effectivement fait de longues enjambées dans le
couloir.**
I rzeczywiście zrobili długie kroki na korytarzu.
Ses amis avaient déjà cessé de se frotter les mains.
Jego przyjaciele już przestali pocierać ręce.
Ils avaient écouté le déroulement de la conversation.
Słuchali przebiegu rozmowy.
Et maintenant, ils couraient après lui, comme pris de peur.
I teraz biegli za nim, jakby ze strachu.
M. Samsa pourrait encore les isoler de leur chef.
Pan Samsa może nadal izolować ich od ich przywódcy.
Ils ont sorti leurs bâtons du récipient.
Wyciągnęli patyki z pojemnika.
Et ils s'inclinèrent en silence avant de quitter l'appartement.
I skłonili się w milczeniu, zanim opuścili mieszkanie.
M. Samsa et les deux femmes sortirent sur le parvis.
Pan Samsa i dwie kobiety wyszli na dziedziniec.
**Mais en réalité, ils n'avaient aucune raison de se méfier de
ces hommes.**
Ale tak naprawdę nie mieli powodu, by nie ufać tym
mężczyznom.
**Ils s'appuyèrent sur la rambarde pour vérifier s'ils étaient
partis.**
Oparli się o barierkę, żeby sprawdzić, czy poszli.
Les trois messieurs descendaient effectivement les escaliers.
Trzej panowie rzeczywiście schodzili po schodach.
Ils disparurent dans un virage de l'escalier.
Zniknęli w pewnym zakręcie schodów.
Puis l'escalier les ramena à la vue.
A potem schody znów pozwoliły im się zobaczyć.

Ce phénomène d'apparition et de disparition se répétait à chaque étage.

To pojawianie się i znikanie powtarza się na każdym piętrze.

Mais finalement, ils étaient presque arrivés au fond.

Ale w końcu dotarli prawie do sedna.

Plus ils avançaient, moins ils étaient intéressants.

Im dalej szli, tym byli mniej interesujący.

Tout le monde est rentré à la maison, comme soulagé.

Wszyscy wrócili do domu, jakby odetchnęli z ulgą.

Ils décidèrent de profiter de la journée pour se reposer et aller se promener.

Postanowili wykorzystać dzień na odpoczynek i wyjście na spacer.

Ils estimaient avoir mérité cette pause dans leur travail.

Uznali, że zasłużyli na tę przerwę od pracy.

Non seulement ils méritaient cette pause, mais ils en avaient besoin.

Nie tylko zasłużyli na tę przerwę, ale wręcz jej potrzebowali.

Ils s'assirent à table pour écrire des lettres d'excuses.

Usiedli przy stole, aby napisać listy z przeprosinami.

M. Samsa a adressé une lettre d'excuses à sa direction.

Pan Samsa napisał list z przeprosinami do swojego kierownictwa.

Mme Samsa a écrit sa lettre d'excuses à ses clients.

Pani Samsa napisała list z przeprosinami do swoich klientów.

Et Grete a écrit sa lettre d'excuses à son directeur.

Grete napisała list z przeprosinami do dyrektora.

Pendant qu'ils écrivaient tous, la bonne entra dans la pièce.

Kiedy wszyscy pisali, do pokoju weszła pokojówka.

Son travail du matin était terminé, elle rentrait donc chez elle.

Skończyła poranną pracę, więc wracała do domu.

Les trois écrivains hochèrent d'abord la tête, sans lever les yeux.

Trzej pisarze najpierw skinęli głowami, nie podnosząc wzroku.

Mais la bonne ne semblait pas encore vouloir partir.

Ale pokojówka nie wydawała się jeszcze chcieć odejść.

Elle attendit un peu, jusqu'à ce que les trois écrivains lèvent les yeux.

Poczekała chwilę, aż trzej pisarze podnieśli wzrok.

« Eh bien ? » demanda M. Samsa, en colère, comme l'étaient les autres.

„No i co?" zapytał pan Samsa, zły, tak jak pozostali.

La bonne se tenait sur le seuil, un sourire aux lèvres.

Służąca stała w drzwiach z uśmiechem na twarzy.

Elle donnait l'impression d'avoir de bonnes nouvelles à annoncer.

Sprawiała wrażenie osoby, która ma do przekazania dobre wieści.

Mais elle n'allait pas partager la nouvelle à moins qu'on ne le lui demande.

Ale nie zamierzała dzielić się tą nowiną, jeśli jej o to nie poproszono.

La plume d'autruche dressée sur son chapeau oscillait légèrement.

Pionowo ustawione pióro strusie na jej kapeluszu lekko się kołysało.

Cette plume d'autruche avait toujours agacé M. Samsa.

To pióro strusia zawsze denerwowało pana Samsę.

« Alors, que voulez-vous ? » demanda Mme Samsa, d'un ton ferme.

„Czego więc chcesz?" zapytała stanowczo pani Samsa.

La bonne avait encore beaucoup de respect pour Mme Samsa.

Służąca nadal darzyła panią Samsę wielkim szacunkiem.

« Oui », répondit-elle, et elle éclata d'un rire amical.

„Tak" – odpowiedziała i wybuchnęła przyjacielskim śmiechem.

Un instant, son rire l'empêcha de parler.

Na chwilę śmiech powstrzymał ją od mówienia.

« Tu n'as pas à t'inquiéter pour ce qui se passe chez le voisin. »

„Nie musisz się martwić o tę rzecz, która mieszka obok."

« J'ai déjà prévu comment nous allons nous en débarrasser. »
„Już ustaliłem, jak się tego pozbędziemy".
Mme Samsa et Grete continuèrent à écrire leurs lettres.
Pani Samsa i Grete kontynuowały pisanie listów.
Mais M. Samsa remarqua que la bonne n'avait pas encore terminé.
Ale pan Samsa zauważył, że pokojówka jeszcze nie skończyła.
Elle voulait maintenant tout décrire plus en détail.
Teraz chciała opisać wszystko bardziej szczegółowo.
Mais il tendit la main pour repousser ses avances.
On jednak wyciągnął rękę, by odrzucić jej starania.
Elle s'est rendu compte qu'ils n'étaient pas intéressés par ses projets.
Zdała sobie sprawę, że ich nie interesują jej plany.
Et puis elle se souvint de la grande précipitation dans laquelle elle avait été.
A potem przypomniała sobie, jak bardzo się śpieszyła.
« Ciao alors », dit-elle, insultée par ce manque d'intérêt.
„Ciao" – powiedziała, urażona brakiem zainteresowania.
Mais avant de partir, elle a claqué la porte très fort.
Ale zanim wyszła, trzasnęła drzwiami z ogromną siłą.
« Elle sera licenciée ce soir », a déclaré M. Samsa.
„Wieczorem ją zwolnią" – powiedział pan Samsa.
Mais sa femme et sa fille étaient trop occupées pour lui répondre.
Ale jego żona i córka były zbyt zajęte, żeby mu odpowiedzieć.
Parce que la bonne avait troublé leur paix nouvellement acquise.
Ponieważ służąca zakłóciła ich niedawno odzyskany spokój.
La mère et la fille se levèrent pour aller à la fenêtre.
Matka i córka wstały i podeszły do okna.
Et, enlacés, ils restèrent là.
I pozostali tam, obejmując się.
M. Samsa se tourna sur sa chaise pour les regarder.
Pan Samsa obrócił się na krześle, żeby na nich spojrzeć.
Et pendant un moment, il les observa en silence, immobiles là.

I przez chwilę patrzył na nich spokojnie, stojąc tam.
Finalement, il leur cria : « Viendrez-vous à moi ? »
W końcu zawołał do nich: „Czy przyjdziecie do mnie?"
«Oublions tout ça, d'accord ?»
„Zapomnijmy o tych wszystkich starych sprawach, dobrze?"
«Viens à moi et accorde-moi un peu d'attention.»
"Podejdź do mnie i poświęć mi chwilę swojej uwagi."
Les deux femmes firent ce qu'il leur avait dit et se précipitèrent vers lui.
Obie kobiety zrobiły, jak powiedział i pobiegły ku niemu.
Ils lui ont fait une accolade affectueuse et l'ont embrassé.
Przytulili go czule i pocałowali.
Ils retournèrent rapidement pour terminer la rédaction de leurs lettres.
Szybko wrócili, aby dokończyć pisanie listów.
Puis, tous les trois, ils quittèrent l'appartement ensemble.
Następnie wszyscy troje opuścili mieszkanie.
Ils n'étaient pas sortis ensemble depuis des mois.
Od miesięcy nie wychodzili razem z domu.
Et ils prirent le tramway jusqu'à la périphérie de la ville.
I pojechali tramwajem na obrzeża miasta.
Ils avaient toute la rame du tramway pour eux seuls.
Mieli cały wagon tramwaju dla siebie.
La lumière du soleil inondait la pièce par la fenêtre.
Słońce wlewało się przez okno z zewnątrz.
La famille se cala confortablement dans ses sièges.
Rodzina wygodnie rozsiadła się na swoich miejscach.
Et ils ont discuté de leurs perspectives d'avenir.
Rozmawiali o perspektywach na przyszłość.
À y regarder de plus près, leurs perspectives n'étaient pas mauvaises.
Przy bliższym przyjrzeniu się ich perspektywom okazało się, że nie są złe.
Tous les trois occupaient des emplois qui leur permettraient de gagner davantage.
Wszyscy trzej mieli pracę, która dawała im możliwość zarobienia większych pieniędzy.

Ils ne s'étaient jamais interrogés l'un sur l'autre concernant leur travail.

Nigdy nie pytali się nawzajem o swoją pracę.

Mais maintenant, ils avaient enfin le temps de discuter de ces choses-là.

Ale teraz w końcu mieli czas, żeby omówić takie rzeczy.

Ils avaient également la possibilité de déménager dans un appartement plus petit.

Mieli również możliwość przeprowadzki do mniejszego mieszkania.

Cela aurait le plus grand impact sur leur vie.

Miałoby to ogromny wpływ na ich życie.

Leur appartement actuel avait été choisi par Gregor.

Ich obecne mieszkanie wybrał Gregor.

Mais maintenant, ils pourraient déménager dans un endroit plus abordable.

Ale teraz mogliby przenieść się gdzieś, gdzie byłoby taniej.

Un appartement plus petit, mais dans un endroit plus pratique.

Mniejsze mieszkanie, ale bardziej praktyczne.

Parler de l'avenir a redonné vie à Grete.

Rozmowy o przyszłości sprawiły, że Grete znów stała się bardziej ożywiona.

Monsieur et Madame Samsa ont également remarqué d'autres changements chez elle.

Państwo Samsa zauważyli u niej również inne zmiany.

Ses joues étaient devenues pâles à cause de tous ses soucis.

Jej policzki zbladły od zmartwień.

Mais à présent, leur fille s'épanouissait et devenait une femme remarquable.

Ale teraz ich córka wyrastała na piękną kobietę.

C'était vraiment une belle et jolie jeune femme, maintenant.

Teraz naprawdę była dobrze zbudowaną i ładną młodą kobietą.

Ses parents se turent et admirèrent leur fille.

Jej rodzice ucichli i zaczęli podziwiać swoją córkę.

Ils échangèrent un regard, communiquant inconsciemment.

Spojrzeli na siebie, nieświadomie się komunikując.

« Il sera bientôt temps de lui trouver un homme bien. »

„Wkrótce nadejdzie czas, żeby znaleźć dla niej dobrego
mężczyznę".

Le tramway était arrivé à destination et avait ralenti.

Tramwaj dotarł do celu i zwolnił.

Leur fille semblait confirmer leurs nouveaux rêves.

Ich córka zdawała się potwierdzać ich nowe marzenia.

Elle fut la première à se lever et à étirer son jeune corps.

Jako pierwsza wstała i rozciągnęła swoje młode ciało.